Janine Rich-Jacquel

Le Canapé rouge et autres nouvelles

Préface

Je n'ai pas la prétention d'être une écrivaine. D'ailleurs, je n'apprécie pas beaucoup ce mot. J'ai écrit ces nouvelles parce que je me suis aperçue, tardivement certes, que j'aimais écrire quand je n'ai aucune obligation de le faire, évoque un sujet qui me plaît, me tient à cœur ou me rappelle les moments les plus heureux de mon enfance.

Bien sûr, je désire que ces nouvelles plaisent, sinon je serais quelqu'une qui a « écrit vaine... ment ». En guise de préface, je dirai simplement que si on a autant de plaisir à lire mes histoires que j'en ai eu à les écrire, je serai heureuse et fière de moi.

J. R.-J.

Le monde de maintenant

Le canapé rouge

Léonie avait profité de ses vacances pour acheter, avec son compagnon, un charmant appartement sous les toits. Non pas qu'elle fût du genre Mimi Pinson, adepte de la bohème parisienne, mais elle avait eu le coup de foudre pour ce qui était à ses yeux encore candides, malgré sa trentaine, un vrai nid d'amour. Meubler cet appartement avait créé chez les deux amoureux une entente nouvelle, une véritable connivence qui lui rappelait presque les sentiments intenses qu'elle avait ressentis quand elle avait rencontré celui qu'elle appelait, sans persiflage aucun, « l'homme de sa vie ». Pour elle, comme pour lui, tout allait pour le mieux dans le meilleur des mondes...

Elle ne connaissait aucun de ses voisins. Tous étaient discrets et elle ne manquait pas de se féliciter d'avoir choisi un appartement dans un immeuble aussi tranquille. Mais un beau jour :
- Ah ! C'est vous la nouvelle proprio du grenier. Eh bien, je vous souhaite bonne chance, à vous et à votre mari (l'homme qui l'interpellait ainsi occupait le deuxième étage), car les deux couples qui vous ont précédés n'ont vécu que deux ans dans cet

appartement avant de se séparer. Et comme dit le proverbe, jamais deux sans trois...
　　　Il attendit un instant avant d'ajouter :
- Bonne journée et à bientôt.
　　　Elle entendit alors un rire grinçant, sardonique, celui-là même – crut-elle – que les légendes qui avaient enchanté son enfance, accordaient au diable aux pieds fourchus.
　　　Le soir, elle ne put s'endormir : les paroles funestes lui revenaient à l'esprit. Elle essaya de penser à autre chose, aux nouvelles perspectives que lui offrait son avenir professionnel. Après de longues années d'études et une persévérance à toute épreuve, elle venait d'obtenir un poste à l'Institut de papyrologie du Caire. Une nouvelle vie allait débuter pour elle, une vie qu'elle avait ardemment désirée. Cependant elle restait inquiète, l'avertissement du voisin marquait-il la fin des jours fastes et son bonheur qui lui semblait tout à coup bien fragile allait-il prendre fin ? D'accord, elle avait obtenu ce qu'elle désirait et partait pour l'Égypte mais son bien-aimé, lui, restait en France.
　　　Il ne pourrait la rejoindre, au plus tôt, que l'année suivante.
- Cet affreux bonhomme, c'est certain, nous épie. Avec quel air moqueur il a prononcé les mots "grenier «et "votre mari" alors que je suis sûre et certaine qu'il a vu les deux noms inscrits sur notre

boîte aux lettres. Pourtant il ne ressemble guère à un jeteur de sort avec son short informe, ses grandes chaussettes en accordéon et ses sandales.

Quelques jours plus tard, dans l'escalier :
- Ah, ah, ah ! Ma fille a tout vu. Vous en avez eu du mal à monter dans votre logement le canapé que vous venez d'acheter. Et vous aurez encore plus de mal dans deux ans quand vous voudrez l'enlever pour cause de déménagement. Et en plus, choisir du rouge, quelle drôle de couleur pour un canapé !

Et de nouveau ce rire menaçant et sinistre. Léonie en resta pétrifiée. Sa fille, pensa-t-elle, cette gamine ébouriffée et mutique, au regard clair et étrangement fixe, elle l'avait souvent rencontrée dans la cour de l'immeuble, toujours solitaire et silencieuse. À croire que l'adolescente, elle aussi, les surveillait. La veille, leur rencontre muette s'était curieusement prolongée et la jeune femme, sans le vouloir, avait effleuré le pendentif égyptien qui ne quittait jamais son cou. Ce vieux bijou en argent ciselé représentait le scarabée divin, le dieu Râ qui, chaque matin, se levait, glorieux, après avoir combattu toute la nuit et remporté la victoire contre les forces des ténèbres. Elle se pensait bien trop rationaliste pour être superstitieuse et n'avouerait jamais qu'elle considérait cette babiole comme un porte-bonheur.

Les jours suivants, elle se mit à regarder son

canapé d'un beau rouge profond d'un air soupçonneux. Sa couleur ne luisait-elle pas doucement, particulièrement le soir, quand une lumière tamisée éclairait le salon, tandis que tous deux devisaient paisiblement. Moment privilégié que les deux amoureux vivaient avec ferveur car, l'été finissant, l'heure de la séparation approchait. Ce canapé, qui leur avait tapé dans l'œil, ne leur porterait-il pas la guigne dont il partageait la couleur ? Décidément, ce maudit voisin avait tourneboulé l'esprit de Léonie, si elle ne se raisonnait pas, elle le considérerait bientôt, au mieux, comme un jettatore, au pis, comme un suppôt du Malin, cornu et boiteux !

    Pourquoi les paroles de cet homme qu'elle ne connaissait pas l'avaient-elles bouleversée à ce point ? Pourquoi avaient-elles eu autant d'écho, transformant sa sérénité coutumière en inquiétude grandissante ? Elle devait faire preuve de lucidité. Elle n'avait jamais été vraiment jalouse de son compagnon et avait confiance en lui. Elle savait bien que, quand elle serait en Égypte, les tentations et les occasions ne manqueraient pas. Comme il donnait des cours à l'université, il côtoierait nombre de jeunes personnes fraîches et pulpeuses. Certaines d'entre elles ne manqueraient pas de feindre le plus grand intérêt pour la philologie des langues anciennes afin d'attirer l'attention de ce professeur si brillant et si sympathique ! Et elle partait, le laissant à sa solitude...

L'automne vint et Léonie partit.

À l'Institut, le travail ne manquait pas, l'étude des papyrus la passionnait et elle consacrait beaucoup de temps à ses traductions. Quand elle se penchait sur un papyrus, elle ressentait une étrange émotion, elle imaginait les scribes qui avaient taillé leur calame, préparé leurs deux pains d'encre rouge et noire, et c'était pour elle, comme un lien qui se nouait entre eux : ne partageaient-ils pas, par-delà les siècles, le même amour respectueux des textes écrits ? Ses collègues n'étaient pas bégueules et l'eurent vite adoptée, même s'ils la plaisantaient sur son célibat rigoureux. Certains (surtout les plus jeunes ou ceux qui se croyaient toujours et encore irrésistibles) l'appelaient sainte Léonie des Manuscrits sacrés. Elle ne menait pourtant pas une vie de nonne cloîtrée. Elle aimait la vie trépidante du Caire, ville monstrueuse qui ne dormait jamais, la vallée du Nil qui offrait des paysages d'une beauté si simple, si évidente qu'elle ne s'en lassait pas, paysages presque identiques à ceux représentés dans les tombes des pharaons. À croire, qu'à la campagne, au bord du grand fleuve, le temps s'était arrêté. L'Égypte lui avait déjà offert des souvenirs. Elle se rappelait particulièrement la pyramide rouge de

Dahchour, dont les blocs de calcaire rosissaient au soleil, son imposante masse pourprée se détachant sur le bleu immuable du ciel. Un coucher de soleil à Assouan, en face de l'île Éléphantine lui revenait souvent à l'esprit. Elle revoyait l'astre solaire, trônant sous un vaste dais tendu de légers nuages carmin et vermillon. Elle avait pensé : « Tiens ! Le dieu Râ, lui aussi, a un canapé rouge ! » Elle n'avait pas oublié les paroles du voisin, oiseau de mauvais augure, qui lui gâchaient la vie et, quand ce qu'elle craignait être une sombre prédiction se rappelait à sa mémoire, elle serrait instinctivement le pendentif qui ne la quittait pas.

Les semaines, les mois s'écoulèrent, ponctués de nombreux rendez-vous sur Messenger, la providence des amoureux séparés, et de plusieurs retours en France, dans cet appartement qui scellait leur amoureuse complicité.

À la rentrée suivante, tous deux se retrouvèrent au Caire, « l'homme de sa vie » avait trouvé un poste dans une école privée. Un peu gênée, elle lui avoua :
- Tu mérites mieux que cela.
- Je le sais, reconnut-il avec une douceur résignée qui lui alla droit au cœur, mais je n'ai plus envie de vivre loin de toi. » Un tel aveu la convainquit de la solidité de l'amour de son compagnon avec qui elle

venait de se pacser.

À Noël, de retour en France, ils étaient tout au plaisir de retrouver leurs pénates. Dans l'escalier, les premières personnes qu'ils rencontrèrent furent le voisin du deuxième et sa fille. Léonie s'aperçut que le pseudo-voyant boitait et que les cheveux de sa fille, toujours coiffée comme la poupée du loup, de blond filasse, étaient désormais d'un rouge orangé des plus flashy. Léonie n'accorda aucune importance à ces nouveautés qui, il y a quelque temps, l'auraient troublée et lui auraient semblé de mauvais augure. Elle était, désormais, sûre de leur amour, la preuve : le sapin de Noël, cette année, serait richement décoré et ses boules étincelantes, du plus bel incarnat, seraient assorties au canapé rouge.

Une balade en forêt

(La mesnie Hellequin, évoquée dans cette nouvelle, est un mythe d'origine germanique, qui apparaît en France au XIIe siècle. Ce cortège fantastique et effrayant est de mauvais augure. Le mot mesnie *désigne les gens vivant ensemble (dans une même maison), qu'ils soient de la même famille ou non.* Hellequin *peut être rapproché de Helle König, le roi de l'enfer.)*

C'était l'été indien. Le soleil chauffait le feuillage des arbres et mêlait les parfums de leurs essences variées. Et quelle sérénité ! Cette balade en forêt lui faisait du bien. Elle soupira. Son compagnon faisait un reportage en Syrie et chaque fois qu'il partait dans des pays en guerre, elle ne dormait plus. Que n'était-elle tombée amoureuse d'un pantouflard pour qui l'aventure se limitait à aller une fois par an au bord de la grande bleue ? Heureusement, il devait rentrer bientôt...

Dans le silence qui régnait sous un ciel sans nuages, un vieux chêne se mit à bruire alors qu'il n'y avait pas un souffle de vent. Un autre remua ses branches avec une frénésie inexplicable. Un arbuste se ploya comme s'il était la proie d'un cyclone. Puis tous les arbres se mirent à chuchoter. On aurait dit le bruit de l'eau. Ce fut, d'abord le clapotis, léger, d'une source qui peine à sourdre parmi les joncs, puis le murmure d'un petit ruisseau qui coule allègrement dans la prairie, enfin, le fracas d'une cataracte. Pourtant Céleste savait qu'il n'y avait pas le moindre ru, pas la plus petite cascatelle dans ces bois. Elle dressa l'oreille quand, venant des profondeurs de la forêt, des croassements de corbeaux invisibles se firent entendre. « Il se fait tard, je ferais bien de rentrer, se dit-elle. »

Soudain, une vaste rumeur se propagea où se mêlaient des cliquetis, le bruit de pas qui piétinaient, le son du cor et même — eût-on cru — des claquements de cymbales. Le grondement devint vacarme, et Céleste vit apparaître trois cavaliers, le premier montait un cheval blanc, le deuxième, armé d'une épée, avait un destrier rouge comme le sang, et le troisième, un étalon aux naseaux fumants, noir comme la nuit. Ils étaient terrifiants. Suivait un cortège gesticulant et rageur, qui semblait ne pas avoir de fin. Des hommes incroyablement laids brandissaient des haches, des crochets, des épieux. Des femmes aux longs cheveux emmêlés comme ceux de Méduse, tambourinaient, sans répit aucun, sur des marmites et des chaudrons. Puis ce fut le tour des estropiés, des amputés, à l'agilité surprenante malgré leurs infirmités. Un troupeau de formes noires et encapuchonnées s'avança : les lépreux. Céleste entendit distinctement leurs crécelles. Derrière eux, un quatrième cavalier, squelettique, vêtu d'une longue cape qui se fondait dans le crépuscule et armé d'une faux, les bousculait, les pressait de sa monture piaffante, une haridelle d'une pâleur de cadavre. La cacophonie infernale de ce cortège, qui insultait le chant des oiseaux et les bruits feutrés des animaux de la forêt, fit naître un écho qui dura longtemps, ce fut du moins l'impression de Céleste...

Elle se retrouva, assise au pied d'un arbre, elle ne savait comment.

La mesnie Hellequin ! Elle l'avait reconnue, elle connaissait la mythologie, les contes et les légendes. Elle se souvenait d'anciennes lectures qu'elle avait faites concernant cette « mesnie », maisonnée diabolique, infernal cortège de mauvais augure, qui avait longtemps hanté les nuits de nos aïeux, les empêchant de sortir le soir tant ils craignaient de voir ces créatures maléfiques, annonciatrices de mort prochaine.

La lune cornue, entourée d'une mousse de nuages orangés, éclairait à présent le chemin. Au pied de la colline, les lumières de la ville étincelaient. « Il faut que je prévienne ma mère, elle doit être terriblement inquiète, mais, zut j'ai encore oublié mon téléphone ! » Décidément, encore un acte manqué. Depuis que son amoureux était parti, elle ne cessait d'oublier son portable. Alors qu'elle espérait tant ses coups de téléphone, craignait-elle d'apprendre une terrible nouvelle ? Elle ne démêlait pas très bien les raisons de ces oublis. Son portable, au fil des jours, devenait un objet redouté dont, pourtant, elle souhaitait la sonnerie. Elle attendait des heures durant le coup de fil rassurant : « Tout va très bien, ma chérie, je suis bien entouré, j'ai confiance en mon fixeur mais je ne peux pas te parler plus longtemps. Je suis prudent, je t'aime », tout en ne pouvant pas s'empêcher de penser que cet objet si pratique et à présent si commun avait le pouvoir de lui annoncer une nouvelle funeste et définitive qui la laisserait anéantie. Et quand elle partait se promener seule, sans doute pour avoir un peu de répit elle oubliait son téléphone.

Quand sa mère, qui était venue passer quelques jours auprès d'elle (la santé de sa fille l'inquiétait), vit le visage livide de Céleste et ses yeux presque déments, elle s'empressa d'annoncer : « Mickaël a appelé. Comme tu avais oublié ton portable, je me suis permis de décrocher. Il rentre demain. Il arrive à Roissy vers midi et prendra le premier TGV. » Aussitôt le visage de Céleste retrouva sa beauté naturelle et elle dîna d'un bon appétit. Le soir, dans sa chambre, elle se fit son petit sermon habituel : « Il serait temps, ma fille, que tu deviennes une personne raisonnable et que tu brides ton imagination qui ne cesse de te jouer des tours. N'oublie pas que c'est la folle du logis ! » Et elle dormit comme un loir.

Le lendemain, en fin d'après-midi, un coup de téléphone. Céleste se précipite. Une voix inconnue interroge : « Céleste A. ? » Le cœur à vif, la jeune femme pressent le drame. Depuis que le veuvage a précipité la mère de Mickaël dans le monde étrange d'Alzheimer où le temps est aboli, Céleste est la seule personne que l'on peut contacter en cas d'événement grave. La voix continue, comme affligée de toute la misère du monde : « Madame, nous avons une pénible nouvelle à vous annoncer, M. Mickaël P. a été renversé par un automobiliste qui roulait à toute allure sur le passage clouté devant la gare de Lyon à Paris. Il a été tué sur le coup... »

Le chauffard ne fut jamais retrouvé.

La poupée

(La tante Pacalla, héroïne de cette nouvelle, a vraiment existé. D'après ma grand-mère paternelle, elle était reconnue dans toute la famille et même au-delà, pour sa connaissance des plantes médicinales et ses dons de « rebouteuse ». Elle mène une vie simple, au contact de la nature, tandis que la poupée, symbole de la consommation excessive et du narcissisme exacerbé, représente le monde de l'artifice et du paraître.)

Après le départ des déménageurs, on découvrit un carton supplémentaire. Plus rapide que l'éclair et, comme poussée par un mouvement irrépressible, Léa s'en empara.

Dedans il y avait une poupée, la fameuse poupée qu'elle avait regardée dans sa belle boîte chez le marchand de jouets avec les yeux de Cosette, durant toute son enfance. Elle l'avait vainement réclamée à sa mère et sa persévérance quémandeuse n'avait eu d'égale que celle de sa mère qui, intransigeante pour une fois, s'était refusée à la lui acheter parce qu'elle la jugeait « inappropriée » pour une enfant. Très blonde, très mince, la poupée avait de longues jambes fuselées, une taille fine et une poitrine haute et conquérante. Pour tout dire, sa silhouette avait une grâce incomparable. Un coffret l'accompagnait, qui renfermait une garde-robe complète — et à la dernière mode. Quand Julie, sa mère, vit la poupée, elle ne dit rien. Léa, qui faisait plus que son âge, était grandelette à présent et n'aurait plus envie de jouer avec elle : elle allait entrer en 4e dans un nouveau collège et avait suivi de mauvais gré ses parents dans leur nouvelle maison. Elle regrettait ses copines et le faisait savoir plusieurs fois par jour avec une mauvaise humeur plus ou moins feinte.

Les semaines qui suivirent le déménagement furent calmes et moroses. Léa s'aperçut vite que ses copines l'avaient déjà oubliée et en attendant d'en trouver d'autres, elle s'amusait à habiller la poupée, à lui inventer de nouvelles tenues en dépareillant ses vêtements. Quand le résultat obtenu lui plaisait, elle ne cachait pas sa satisfaction, se voyait déjà conseillant ses futures amies et les influençant par son bon goût, ses innovations et son audace. Cette occupation enfantine durait des heures et étonnait toute la famille.

Le changement du comportement de Léa et de ses préoccupations fut insidieux. Personne ne s'en aperçut tout de suite. Certes, elle ne quittait pas la poupée et dormait avec elle, alors qu'enfant, elle n'avait jamais ressenti le besoin d'avoir un

« doudou ». Mais cet attachement inattendu ne semblait que chose sans importance.

Léa avait toujours été une très bonne élève, faisant la fierté de ses parents qui écoutaient religieusement les compliments et les louanges des professeurs. Ses frères, qui travaillaient juste ce qu'il fallait pour avoir la moyenne et se gargarisaient d'ajuster sciemment leurs efforts, la moquaient sans se gêner. Mais au fil des semaines, les notes de Léa baissèrent, ses frères ricanèrent. Elle ne racontait plus à sa mère les anecdotes que s'échangent les collégiennes. Si elle daignait lui adresser la parole, c'était pour réclamer de nouveaux vêtements, décrétant que les siens pourtant quasiment neufs n'étaient plus à la mode. Ses nouvelles copines, à l'en croire, lui faisaient des remarques incessantes et désobligeantes. D'ailleurs, ses nouvelles amies ne ressemblaient plus à celles qu'elles fréquentaient naguère : de jeunes personnes sagement mises et délicieusement polies. (« Bonjour, madame, s'il vous plaît madame, merci madame ! »). C'étaient des filles délurées habillées à la six-quatre-deux — selon la mère, mais à la dernière mode selon Léa — et au vocabulaire que Julie, qui aimait les euphémismes, qualifiait d'imagé. Elle avait même détecté sur les habits de l'une d'elles, venue en visite, parfaitement à l'aise dans ses baskets, comme une odeur de cigarette. Julie fronça le nez, ne dit rien mais n'en pensa pas moins. Elle avait cru benoîtement que, Léa grandissant en âge et en raison, elle pouvait relâcher sa surveillance et lâcher la bride. Elle avait un travail qui l'occupait tellement et ses moments de liberté rétrécissaient comme peau de chagrin. Mais elle voulait rester une mère exemplaire et devait consacrer plus de temps à sa fille. Et elle pensa : « Il y a très longtemps que je n'ai pas mis les pieds dans sa chambre… »

Ce que Julie vit alors, elle ne l'oublierait pas de sitôt. Plus aucun livre ! Les rayons des étagères étaient vides ! Elle n'en crut pas ses yeux, Léa aimait tellement lire ! Sur les murs, les posters se chevauchaient et Julie, stupéfaite et désolée, ne s'attarda pas à les regarder. En revanche, elle regarda la poupée qui trônait sur le lit, habillée comme une gravure de mode, sa longue chevelure blonde déployée sur les épaules. Il sembla à Julie que ses yeux bordés de longs cils, dont on aurait dit qu'ils étaient réellement maquillés, lui lançaient un regard de défi et d'autre chose encore. Quoi ? Julie n'aurait su le dire mais elle éprouva un sentiment de malaise tenace et indéfinissable…

Plus on approchait de la fin de l'année, plus les résultats scolaires de Léa baissaient. Le temps des louanges des professeurs semblait bien loin et Julie ne pouvait s'empêcher de penser à ce qui, pour elle, était une catastrophe. Elle avait à cœur l'avenir de sa fille et ne savait que trop, par expérience personnelle, combien les études et les diplômes sont importants pour les carrières professionnelles féminines. Julie était sage et raisonnable quoi qu'en pensât sa fille. Elle était prête à bien des concessions sauf une — les études. Inutile d'attendre le concours du père, il était trop souvent absent et absorbé par des missions toujours urgentes qui l'emmenaient aux quatre coins du monde. Il lui fallait agir vite et seule, elle ne pouvait attendre une hypothétique amélioration de la situation. Il lui fallait une solution. Celle que Julie trouva, la meilleure selon elle, avait un nom : la tante Pacalla.

***

Une petite vieille aux cheveux blancs, coupés court se tenait bien droite devant sa porte. Elle était assortie à sa demeure dont les murs à colombages, et le vaste toit pentu se prolongeant en auvent attestaient la ferme « du temps ». Visiblement, elle attendait quelqu'un.

Bientôt une adolescente à la mine renfrognée descendit d'une voiture :
- C'est donc de cette grande gadiche[1] qui joue encore à la poupée que je vais devoir m'occuper !

Et le regard perçant dévisagea Léa. Mais bien

---

[1] Jeune personne qui ne sait rien faire (patois franc-comtois).

vite la lueur inquisitrice s'éteignit d'un battement de paupières. Et la tante Pacalla (car c'était elle !) reprit sa bienveillance naturelle et souhaita la bienvenue à l'adolescente.

    Les débuts du séjour à la ferme furent un peu difficiles. Léa n'avait rien dit à ses copines. Pour tout l'or du monde, elle n'aurait jamais avoué qu'elle allait s'enterrer deux mois à la campagne. La honte ! Elle attendit des coups de téléphone qui s'espacèrent bientôt pour enfin disparaître. Et Léa, plutôt que de s'ennuyer, fut bien obligée de se contenter de la seule présence de la tante Pacalla qui était fort occupée. En effet, l'été, le travail ne manquait pas à la ferme qui avait été transformée en petite entreprise maraîchère. Léa n'était pas paresseuse et sut bien vite cueillir et préparer les légumes pour la vente. Comme elle sut bien vite préparer des plats appétissants avec ces bons légumes sains et tout frais et faire des confitures avec les fruits du verger. Cette vie toute simple commençait à lui plaire et la personnalité de la tante Pacalla l'intriguait.

    Quand Julie lui avait parlé d'un long séjour dans une ferme isolée auprès d'une parente un peu fantasque, Léa avait renâclé. Mais devant la grande colère de sa mère et son chagrin lorsqu'elle eut pris connaissance de sa moyenne « catastrophique » au 3e trimestre, la collégienne avait cédé n'exigeant qu'une chose, emporter sa poupée. Julie ne put se retenir :

- Encore et toujours cette poupée ! Elle m'horripile avec son regard de poisson mort et tout son fatras de robes et d'accessoires. Vraiment cette poupée incarne tout ce que je déteste chez une femme. D'ailleurs, je n'ai jamais aimé les poupées !
- Je ne partirai pas sans elle, ce n'est pas négociable, rétorqua Léa en prenant de grands airs.

Julie, pragmatique à son habitude, accepta. Après tout, ce n'était qu'un jouet stupide et Léa s'en lasserait bientôt, Julie en était certaine. Et elle ne pouvait s'empêcher de se faire des reproches (ce qu'elle n'aimait pas car elle voulait toujours bien faire) : que n'avait-elle acheté cette poupée si désirée quand sa fille la réclamait !

Quant à Léa, cette tante inconnue lui donnait à penser. Avant de la connaître, elle l'imaginait comme une vieille sorcière, au nez crochu et verruqueux, chevauchant un balai… (tous les contes qu'elle avait lus et relus lui étaient revenus en mémoire) et elle avait eu envie de la rencontrer.

À présent, Léa savait que la tante Pacalla n'avait rien de surnaturel. Elle était gaie, travailleuse et très en forme pour son âge, que par une coquetterie inattendue, elle ne voulait pas révéler. Elle boitait légèrement ou plutôt traînait la jambe et acceptait cette anomalie avec humour, parlant de sa « patte folle », sans donner d'autres précisions. Elle avait souvent, le soir, des visites discrètes. Léa aurait bien voulu en savoir davantage, mais la tante Pacalla éludait les questions et se fermait comme une huître si elle insistait. Plus tard, interrogeant sa mère, Léa apprit que cette fameuse tante savait « barrer les brûlures » et comme son rebouteux de père, remettre les membres démis à leur place.

    La tante Pacalla n'avait pas fini de l'étonner. Tout d'abord, Léa s'aperçut qu'elle connaissait parfaitement les simples des prés et de la forêt qui entouraient la ferme, ces plantes médicinales aux multiples bienfaits. Et la jeune fille prit un immense plaisir à les découvrir en sa compagnie et à apprendre leurs vertus. Ensuite cette petite bonne femme qui ne payait pas de mine vouait un véritable culte aux livres et à l'histoire. Elle répétait à l'envi son adage favori : « Comment savoir où l'on va si l'on ne sait pas d'où l'on vient ? » Et souvent, après avoir écouté patiemment les récriminations de Léa (« Ma mère ne m'écoute pas, elle n'a pas le temps, il n'y a que son travail qui compte !»), elle lui racontait l'histoire de la région et de la famille : les guerres incessantes et leur cortège de malheurs, les persécutions de ses ancêtres, l'Inquisition et ses bûchers… À ces récits, le monde de Léa s'agrandissait dans le temps et dans l'espace, on quittait l'univers étriqué et superficiel des centres commerciaux et leurs boutiques et même la vieille ferme, son étang et sa forêt devenaient tout petits.

Léa ne devait s'en rendre compte que bien plus tard quand ses études, ses lectures et les voyages qu'elle fit partout dans le monde eurent confirmé la portée de cette prise de conscience.

La rentrée arriva. Léa quitta la ferme, sans la poupée, mais chargée de paniers de fruits et de légumes et pleine de projets. Satisfaite, Julie constata la nouvelle assurance de sa fille et son air épanoui. Elle remercia la tante Pacalla qui à son habitude mit la métamorphose de Léa sur le compte de la fréquentation assidue de la nature et ses bienfaits.

***

Léa ne revit jamais la tante Pacalla car elle déménagea de nouveau. Des lettres et des coups de téléphone furent échangés, jusqu'au jour où le téléphone sonna dans le vide. À ce moment-là, Léa comprit que le séjour chez la tante Pacalla compterait, quoi qu'il arrive, parmi les moments les plus heureux de sa vie.

Et la poupée, que devint-elle ? Reléguée dans le coin le plus sombre de la chambre que Léa occupait dans la ferme, elle avait pressenti la fin de son influence. Elle rejoindrait bientôt le bric-à-brac du grenier et ressemblait désormais à un épouvantail : les couleurs de ses vêtements démodés avaient passé, ses longs cheveux soyeux étaient devenus ternes et cassants. De dépit, elle avait fermé ses beaux yeux bleu-vert pour ne plus les ouvrir — jamais.

Et moi, quand au volant de ma voiture, je passe devant la petite route qui conduit à la ferme, je ne peux m'empêcher d'avoir une pensée émue pour cette petite bonne femme qu'on appelait la tante Pacalla.

Le manoir du bout du monde

(Le poète Saint-Pol-Roux (1861-1940) transforma sa maison de pêcheur, située tout au bord de l'océan, en un imposant manoir à huit tourelles. Les ruines spectaculaires de cette étonnante demeure témoignent de son tragique destin.)

L'océan, vieux célibataire, prenait d'assaut, inlassablement, les rochers de la côte. Certains, intrépides, s'avançaient dans ses vagues en un alignement presque parfait : on aurait dit les cailloux qu'un gigantesque Poucet, perdu dans l'immensité marine, avait semés pour marquer son chemin. Prophète à la barbe et aux cheveux blanchis par les ans, un homme regardait sans le voir ce paysage magnifique et qui, désormais, trop souvent, ne l'émouvait plus. Il avait le cœur meurtri. La France était de nouveau en guerre et le pays qu'il avait choisi, sa terre d'élection, était occupé. N'avait-il pas, lui, le malheureux poète, payé un assez lourd tribut ? N'avait-il pas déjà assez souffert ?

Il n'avait pas envie de faire le bilan de sa vie, c'était trop triste, et pourtant, les souvenirs anciens, en ces jours d'affliction, hantaient fréquemment sa mémoire. Il avait eu une enfance heureuse et son père, qui avait les moyens, ne l'avait jamais privé de quoi que ce fût. Il se rappelait son pays natal, sa belle lumière, les plages de la Méditerranée, les copains et les amours adolescentes que l'on croit éternelles. Comme tout jeune bourgeois qui se respecte, il était parti à Paris faire ses études. Le droit, qu'il avait choisi sur les conseils de son père, l'ennuya bien vite et il se laissa aller à ses prédilections, la poésie et le théâtre. Ce fut une vie facile, semblable à celle que connurent les poètes de naguère, qu'il admirait tant, la misère en moins. Puis, il fut de nouveau lassé de cette vie qui lui apparut futile et vaine et il quitta sans regret Paris et ses mondanités pour s'installer dans un pays qui convenait à ses aspirations intimes : une terre de légendes, romantique et sauvage. Il se fit bâtir sur une falaise, juste au-dessus de l'immense océan qui roule ses vagues ininterrompues, un manoir, massive construction flanquée de huit tours et tourelles. Là, tel un fastueux seigneur de la Renaissance italienne, il recevait ses amis heureux de quitter la ville grise et populeuse pour venir respirer les senteurs océanes. Ne fut-il pas appelé, alors, « le Magnifique » ? Il avait aimé ce personnage qui lui allait comme un gant et s'était abandonné à l'hubris, cet orgueil démesuré que jamais les dieux ne pardonnent. Le Destin, qui ne renonce jamais, lui non plus, l'attendait patiemment. Son fils, pour qui il avait construit le manoir, fut tué la première année de la guerre, celle qu'on qualifierait de Grande et qui allait saigner l'Europe entière. Et maintenant l'horreur recommençait. Après l'étrange défaite, c'était l'occupation.

La porte de la grande salle du manoir céda sous des coups de botte furieux. L'homme entra, une arme à la main. C'était un soldat allemand. Il était ivre. Il saccagea tout sur son passage, tua la gouvernante qui s'interposait, blessa le poète et violenta sa fille. Tout se passa si vite que le poète eut longtemps l'impression d'avoir vécu un cauchemar. Le sort n'en avait pas fini avec lui. De retour chez lui, après un séjour à l'hôpital, il découvrit que ses manuscrits avaient été pillés, maculés, déchirés. L'œuvre d'une partie de sa vie était perdue, il ne se sentait pas le courage de recommencer. Il n'avait plus le courage de lutter. Dans son manoir souillé par les barbares, au bord de la falaise, là où la terre finit, le poète sent bien que sa vie finit, elle aussi...

La Mort, que l'on dit injuste et cruelle, en l'emportant dans son sommeil, lui fit une faveur : il ne vit pas son manoir réquisitionné par l'ennemi et, à la fin de la guerre, bombardé par les Alliés.

Le crépuscule s'installe. Des touristes allemands pique-niquent aux abords d'un château en ruine. Ils viennent de visiter là, tout près, un alignement de trois files de menhirs, dessinant sur le sol une figure complexe et mystérieuse qui interroge le visiteur et dont certains spécialistes disent qu'elle représente la constellation des Pléiades. Cette évocation du cosmos leur a paru inattendue et infiniment poétique. Tandis qu'un antique dundee déploie ses voiles rouges et s'éloigne dans la lumière du soir, les tours du château que l'on prendrait, dans la pénombre, pour un autre Stonehenge, se découpent en noir sur le pourpre du soleil couchant. Ces compatriotes de Goethe ne se lassent pas de contempler le paysage mélancolique et grandiose de ce château démembré. À la différence des pierres levées, mystérieux dessein de peuples inconnus, il n'est que le stigmate de la folie des hommes. Ces paisibles visiteurs ignorent tout de la tragédie qui s'est déroulée dans ce lieu il y a plus d'un demi-siècle. Le vieil océan, lui, la connaît : du mouvement de ses vagues toujours recommencées, il ourle sa peine infinie.

Le fil de l'histoire

(Dans cette histoire contemporaine, apparaît Arachné, personnage de la mythologie grecque, dont le nom signifie araignée. *C'est une jeune tisseuse consciente de son talent et de sa valeur exceptionnelle. Un jour, elle décide de défier la déesse Athéna, commettant alors la faute suprême et impardonnable...)*

C'est une jeune femme charmante, spontanée, jolie et amoureuse. Pas bégueule pour deux sous. Tous ses amis, et particulièrement ses copines, la trouvent « sympa » et « cool », (« elle ne se prend pas la tête », disent-ils, en chœur). Sa vie se déroule paisiblement, semblable à celle de nombreux de ses contemporains. Elle habite une petite ville, quelconque, comme il y en a beaucoup, dans une petite maison agrémentée d'un jardinet qu'une grand-tante, morte depuis peu, lui a léguée. Elle gagne correctement sa vie et n'a pas de problèmes d'argent, elle sait ajuster ses besoins et ses désirs à ses revenus. Son travail l'occupe avec modération, elle accomplit scrupuleusement les tâches qu'on lui confie mais la journée terminée, elle tire le rideau, ne pensant plus qu'à ses copines, ses loisirs et, bien sûr, à Théo qui partage sa vie. Son manque d'ambition professionnelle ne lui pèse pas, car elle a été élevée ainsi. Son père ne lui répétait-il pas : « Une fille ne doit pas songer à faire carrière sous peine de faire fuir les maris éventuels. Pour elle, un époux qui gagne suffisamment d'argent est la meilleure assurance-vie ». Elle ne s'est jamais opposée aux desiderata de son père, d'ailleurs, l'idée ne lui en est jamais venue. Quand elle fait le bilan de sa vie, ce qui arrive rarement, elle est plutôt satisfaite. Elle est heureuse dans le meilleur des mondes possibles.

Pourtant, un petit quelque chose gâche sa vie. Ce ne sont pas certains de ses congénères, qui sont parfois de parfaits abrutis, mais de petites créatures omniprésentes et bourdonnantes souvent — les insectes. Les guêpes, qui harcèlent tout le monde mais plus encore ceux qui les redoutent et s'agitent en de grands gestes de pantins désarticulés, « pourrissent » ses étés. Quand, le soir, attablés dehors, profitant enfin d'une fraîcheur vespérale bienvenue, les invités se préparent à déguster l'entrée, qui fonce en piqué sur le melon au jambon ? Une escadre de guêpes dont la danse frénétique indispose toute la tablée. À ce moment-là, l'hôtesse — appelons-la Emma — décolle de sa chaise comme un diable sort de sa boîte et court se réfugier dans la cuisine, laissant ébaubis ceux qui ne la connaissent pas vraiment. Son compagnon fulmine mais n'en laisse rien paraître.

Si un malheureux hanneton, candidat au suicide, s'est assommé contre la vitre et gît sur le sol de la véranda, c'est une affaire d'État, il est hors de question qu'Emma y pénètre. Elle attend que son amoureux, harassé par une longue journée de travail, rentre et évacue, toute affaire cessante, la dépouille de la malheureuse cétoine. Emma a beau essayer de se rasséréner, elle n'y parvient pas. Elle bafouille des excuses, se sent ridicule, voudrait prendre sur elle, se montrer enfin courageuse, elle n'y parvient pas. Elle se rend compte que ce monde grouillant, rampant ou volant, commensaux fâcheux ou visiteurs inopportuns, gâte sa vie, ces séances de panique incontrôlée devenant de plus en plus fréquentes.

Cet été-là, la guêpe avait cédé la vedette au frelon. Un essaim de ces redoutables insectes corsetés de noir comme des danseuses de music-hall, avait installé son nid, sous le toit de la maison. Dès lors, Emma, se condamnant à la façon des recluses du Moyen Âge, ne voulut plus mettre le nez dehors. Portes et fenêtres restaient obstinément fermées malgré une chaleur suffocante. Ce n'était pas la piqûre douloureuse de ces hardis hyménoptères qu'elle craignait, leur simple présence bourdonnante suffisait à la faire entrer en transe.

Cependant elle ignorait encore que des intruses s'étaient invitées et installées chez elle, et cela, depuis fort longtemps : les abominables araignées.

Depuis qu'elle était propriétaire d'une maison, Emma avait pris la vertueuse habitude de faire du compost avec les épluchures de fruits et de légumes : toutes ses amies étant écologistes, elle l'était donc aussi, plus par habitude de faire comme tout le monde que par décision personnelle, mûrement réfléchie. Un matin, alors qu'elle soulevait le couvercle du container, elle vit une araignée noire comme la nuit. Elle se tenait immobile, au centre de sa toile qu'elle avait judicieusement tendue dans un coin du couvercle. Elle était à l'affût d'une nuée d'insectes menant une folle sarabande, enivrés qu'ils étaient par les effluves des restes pourrissants. La panique qui saisit alors la jeune femme ne cessa que lorsqu'elle fut persuadée de l'efficacité de l'intervention de Théo. Ce dernier n'eut aucune hésitation à écrabouiller la clandestine, tandis qu'Emma, anéantie par un effroi irrépressible, ne remarquait pas l'exaspération croissante de son amoureux.

Quelques jours plus tard, la tribu des arachnides s'était rapprochée de la maison. Une araignée avait tissé une toile immense sur le rebord de la fenêtre, depuis une jardinière fleurie de géraniums. Elle se tenait fièrement en son centre et se laissait aller au souffle de la brise qui la faisait doucement onduler. La bête était superbe : habit de riche veuve en velours noir profond, pattes menues, comme gainées de leggings alternativement jaune et noir. On aurait dit un antique camée d'or et d'obsidienne, entouré de fins réseaux d'argent. Ce fut le branle-bas de combat, il fallut de toute urgence retirer les fleurs et, dans un mouvement de lassitude irritée, Théo laissa échapper la vasque qui s'écrasa par terre.

Au fil des semaines, la même scène se répéta souvent : quel que fût le lieu, il y avait toujours un malotru d'insecte, volant ou rampant, un audacieux arachnide pour gâcher le moment de détente que, pourtant, elle attendait. Puis, ce fut l'acmé lorsque Emma eut la bonne idée de débarrasser le sous-sol d'un bric-à-brac qui s'y était entassé. Elle remonta l'escalier à la vitesse de l'éclair dès qu'elle eut constaté que l'endroit était le royaume des araignées qui, tranquilles comme Baptiste, filaient leur toile sans être dérangées.

La situation devenait intenable. Emma n'osait plus aller seule dans le jardin, il lui fallait une force d'intervention immédiate en cas de rencontre malencontreuse et refusait catégoriquement de mettre le quart d'un orteil au sous-sol. Fatigué des réactions de sa compagne, qu'il jugeait disproportionnées, Théo ne se retint plus et s'abandonna à sa colère :

- Ce n'est plus possible ! j'en ai ras-le-bol. Tu as le luxe d'avoir un jardin en pleine ville et tu vis cloîtrée comme une bonne sœur ! Tu ne veux plus aller au sous-sol de peur de rencontrer des araignées alors que tu sais très bien que ces bestioles adorent les vieilles bâtisses ! Franchement, tu devrais consulter un psychologue ou un psychiatre...
- Un psychiatre ! l'interrompit Emma, en hoquetant de colère, dis tout de suite que je suis folle. Je vois bien que je t'exaspère. Tu n'es plus le même, tu es distant, tu ne comprends plus mes problèmes et tu ne m'apportes plus aucun soutien...

Et elle se mit à pleurer. La dispute dura longtemps et atteignit le paroxysme d'une bonne vieille scène de ménage, chacun campant sur ses positions et répétant à l'envi les mêmes arguments. Roméo et Juliette ne se parlaient plus de ces petits riens qui occupent la vie des amoureux ardents, ils avaient cédé la place à de vieux mariés, usés par la routine et les habitudes.

Emma, de guerre lasse, décida enfin de prendre le taureau par les cornes et de voir un spécialiste qui pourrait l'aider à surmonter sa phobie. Mais les jours passaient et aucun rendez-vous n'était pris. Théo s'absentait souvent, rentrait tard le soir, prétextant des réunions de travail ou des tâches si urgentes que, sous aucun prétexte, elles ne pouvaient être différées. Emma ne savait que penser, elle se lamentait mais n'agissait pas.

L'automne finissait. Emma profitait en solitaire des derniers beaux jours, assise sur un banc dans le plus beau parc de la ville, une roseraie renommée pour ses fleurs amoureusement entretenues, qui embaumaient et mêlaient leurs fragrances subtiles. Une femme s'approcha. Elle était grande et mince. Son visage hiératique laissait voir un nez parfait et de magnifiques yeux bleu-vert, en amande, qui regardaient droit sans jamais ciller. Elle arborait un curieux chapeau qui ressemblait à un casque surmonté d'une espèce de cimier. Sa longue chevelure aux boucles châtain foncé presque noir, se déployait librement. Elle était vêtue d'une ample robe claire, serrée à la taille par une large ceinture. Son apparence peu commune, notamment ce couvre-chef extraordinaire, aurait attiré un œil plus observateur et averti que celui d'Emma. D'ordinaire, elle ne remarquait jamais rien et, quand on lui demandait son avis sur quelque chose qui la concernait, elle se ralliait toujours aux jugements de ses copines. À présent qu'elle avait de sérieux problèmes, le monde qui l'entourait l'intéressait moins que jamais.

La femme s'assit sur le banc et de la manière

la plus naturelle du monde, engagea la conversation. Elle s'appelait Tina Poluboulos et était sophrologue. Combattre les sensations douloureuses et les maux psychiques de ses patients afin que leur personnalité atteigne un développement harmonieux était le but de sa pratique. C'était pour Emma une rencontre providentielle. Justement, la praticienne venait de s'installer en ville et elle pourrait être une de ses premières clientes. Rendez-vous fut pris sans plus attendre. « Voilà une affaire rondement menée ! », pensa Emma qui soupira de soulagement.

    La consultation se passa rapidement, Emma évoqua sa phobie des insectes, particulièrement des araignées mais ne fit aucune allusion à l'irritation de plus en plus impatiente de son compagnon. Elle remarqua enfin l'apparence de celle à qui elle avait confié ses angoisses : ses yeux d'un bleu presque gris (elle ne se souvenait pas d'en avoir vu de semblables), son regard calme et plein d'une autorité bienveillante et ses longs cheveux dénoués, qui frisottaient en boucles fines et serrées. « Quel regard, on croirait qu'il cherche à lire dans les pensées et quelle drôle de coiffure, se dit Emma, cette femme est vraiment étrange, elle me fait presque peur ». Et elle partit bien vite avec, comme unique remède, une potion peu ragoûtante, à prendre sans plus attendre, le soir même. Quand vint l'heure de boire le rebutant breuvage, Emma, seule dans sa petite maison, ne put s'y résoudre et maudit, une fois de plus, son manque de courage. Résonnait encore à ses oreilles la voix calme et doucement autoritaire de Tina Poluboulos : « Prenez cette préparation, ayez confiance et tout ira mieux pour vous. » Quelle voix et quel regard ! Elle en frissonna.

Les jours passèrent, l'hiver s'était installé et, l'accompagnant, un spleen tenace s'était emparé de la jeune femme, qui n'augurait rien de bon. Elle semblait avoir perdu définitivement son sourire. Le temps que Théo passait à la maison se mesurait à la durée des jours qui raccourcissaient. Un soir, alors que la solitude lui pesait plus que jamais, elle prit le taureau par les cornes et, d'une seule traite, but le liquide noirâtre, amer comme du chien. Elle s'endormit aussitôt.

Non, elle ne se trompait pas, c'était bien le bruit de la mer qu'elle entendait. Autour d'elle, à perte de vue, des oliviers bruissaient dans le vent léger qui venait de la montagne. Emma regarda la robe courte, serrée à la taille dont elle était revêtue. De très jolies filles, habillées court elles aussi, l'entraînaient vers une petite maison en pisé. Elles avaient la grâce farouche des jeunes animaux qui n'ont pas connu la domestication. L'une d'entre elles jouait d'un instrument bizarre, une carapace de tortue sur laquelle étaient tendues des cordes — on

aurait dit une lyre —, d'autres arrondissaient leurs joues fraîches et roses en soufflant dans une flûte de roseau. Chose extraordinaire ! Emma comprenait la langue chantante des musiciennes et elle en fut très étonnée, elle qui, au lycée, avait tout juste la moyenne en anglais.
- Viens, viens donc, nous allons voir Arachné qui file et tisse comme une déesse. Nulle ne peut l'égaler. Ses tissus sont parfaits et d'une beauté sans pareille.

Le groupe enthousiaste et curieux entra dans la cabane. Les nymphes (mais vous saviez déjà qu'il s'agissait de créatures divines) virent des tapisseries chatoyantes où les couleurs de l'arc-en-ciel se mêlaient aux fils d'or et d'argent. Admiratives, elles caressèrent du regard le travail d'Arachné, la tisseuse au talent incomparable.

Sans crier gare, une très vieille femme fit irruption dans la pièce. Son intrusion avait été si soudaine qu'on eût dit une apparition. D'où venait-elle ? Nul ne le savait, on ne l'avait jamais vue dans les parages. Laide à faire peur avec son visage ridé, elle exhibait de longs cheveux blancs en gage de sagesse. Elle s'appuyait sur une canne, comme pour confirmer son grand âge. Sans regarder ni saluer quiconque, elle toisa Arachné :
- Ma fille, les années ont eu raison de moi et courbé ma taille naguère droite et fière mais en échange, elles m'ont donné de l'expérience. Tu ferais bien de

suivre mes conseils.Tu n'es pas au-dessus de la loi qui veut qu'on s'incline devant les dieux. Tu n'es que la fille d'un pauvre artisan qui gagne péniblement sa vie en teignant de pourpre la laine qu'on lui confie. Tu es sans aucun doute la meilleure fileuse parmi les mortelles, mais ne défie pas la déesse Athéna dont les mains divines savent filer et tisser. Si tu t'inclines devant le talent insurpassable de la déesse, sa clémence est si grande qu'elle te pardonnera.

Arachné qui dominait la vieille de sa haute taille répondit :
- Tu n'es qu'une vieillarde, une misérable radoteuse. Pourquoi la déesse n'accepte-t-elle pas de se comparer à moi ? Je l'attends et suis bien décidée à lui montrer ce que je sais faire.
- Elle est là, la déesse que tu insultes ! »

La vieille avait disparu, laissant place à la fille de Zeus, la déesse aux yeux pers, belle et farouche dans son péplum immaculé. Saisies d'un effroi sacré, les nymphes s'enfuirent et allèrent se cacher dans les bois profonds qu'elles n'auraient pas dû quitter.

Sans perdre de temps, Athéna et Arachné s'installent. La navette court sur le métier et poussées par le défi, elles s'activent. Leur visage rosit sous l'ardeur qui accroît leur beauté.

La déesse décide de tisser une scène à sa propre gloire, dans laquelle elle affronte Poséidon, l'ombrageux dieu de la Mer. Chacune des deux divinités veut posséder la même ville florissante, et pour cela doit faire aux habitants le plus beau des cadeaux. Les dieux de l'Olympe seront juges et accorderont la victoire au plus généreux. Poséidon, de son trident, frappe un rocher et fait surgir un étalon piaffant qui laboure le sol de ses sabots luisants. L'animal sauvage n'a encore jamais connu le mors et les dieux s'émerveillent de sa fougue indomptée. Mais Athéna, armée et casquée, ne s'avoue pas vaincue : son cadeau, qui va surprendre le divin jury, est une promesse de paix et de richesse pérenne. Elle effleure le sol de sa lance et aussitôt un olivier apparaît. Son feuillage qui miroite au soleil, ses fruits mûrs et abondants sont d'une beauté exceptionnelle. Les dieux se concertent et donnent la victoire à Athéna. Cette ville qui vient de sortir de terre portera le nom de la déesse, c'est Athènes...

Arachné préfère représenter sur sa tapisserie la nature qu'elle aime tant. Elle tisse les oliviers, les pins qui couronnent les collines, les cistes à la résine odorante, le myrte dédié à Aphrodite, la déesse de l'Amour. La jeune fille ne saurait oublier les animaux : les chevaux, les taureaux et les béliers aux cornes décorées de fleurs en l'honneur de Déméter, divine maîtresse des paysans qui vénèrent la terre.

Elle montre aussi les abeilles qui font le miel suave et fruité, le redoutable sanglier et le lion rugissant qu'Héraclès se prépare à combattre. La scène est magnifique, le travail, parfait. La couleur pourpre, que traverse un fil d'or, court tout le long d'un liseré qui encadre le tableau. Elle rend ainsi, secrètement, hommage à son père. Elle éprouve tout à coup pour lui une tendresse infinie, comme si elle n'allait jamais le revoir...

Athéna se penche et examine l'ouvrage d'Arachné, elle cherche vainement une imperfection, un imperceptible accroc. Rien. Le tissu est sans défaut, c'est un chef-d'œuvre quasi divin. Offensée, la déesse a blêmi, elle lacère le tableau, elle vaticine :
- Elle n'a pas longue durée, celle qui se bat contre les immortels !

La voix auguste de la déesse retentit, le misérable atelier vibre et vacille comme sous l'effet d'un tremblement de terre. La fille de Zeus, toute à sa fureur, frappe de sa navette le front de sa rivale qui rougit sous l'outrage. L'infortunée ne saurait supporter une telle humiliation : elle se pend à une poutre du plafond. Se rappelant qu'elle s'appelle aussi Athéna Ergànê, « la travailleuse », la belliqueuse se sent gagnée par la mansuétude : elle reconnaît qu'Arachné tisse à la perfection. De plus, elle n'a pas courbé l'échine, elle est restée

indomptable, elle a préféré, sans hésiter, la mort au déshonneur. Athéna, compatissante, consent alors :
- Tu vas revivre mais tu fileras encore et toujours, sans jamais t'arrêter.

Et elle arrose la malheureuse de sucs préparés par Hécate, la déesse magicienne. Le corps d'Arachné rétrécit, ses membres s'allongent et s'affinent, elle est devenue une araignée, asservie à sa toile pour l'éternité...

Quand elle se réveilla, Emma ne chercha pas à connaître la nature exacte des intenses sensations qu'elle avait vécues cette nuit-là. Était-ce un rêve ? Mais il avait toute l'épaisseur de la réalité. Elle avait vraiment entendu le bruit enchanteur de la mer qui, inlassablement, déroulait ses vagues ; elle avait entendu la musique, pour elle inconnue, des belles jeunes filles ; elle avait vu, de ses yeux vu la sorcière hideuse se transformer en une grande jeune femme au terrible regard ; et surtout, elle avait assisté à la métamorphose de la tisseuse en araignée (une de ces araignées qu'elle haïssait et dont la vue déclenchait chez elle une peur incontrôlable). Elle décida de ne pas accorder trop d'importance à ce souvenir pourtant prégnant car sa rupture avec Théo avait désorganisé sa vie. Elle avait dû se rendre à l'évidence, Théo n'avait plus envie de faire un bout de chemin avec elle. Elle fut étonnée que son départ ne l'affectât pas plus que cela. Quelque temps plus tard, une copine bien intentionnée, Candice, lui révéla que toute la bande savait que Théo entretenait une liaison régulière avec une blonde pulpeuse « facile à vivre », disait-il. « Grand bien lui fasse ! » pensa-t-elle, désabusée. Et elle ne pleura même pas.

Elle s'occupa de sa maison, débarrassa son sous-sol, nettoya sa cave. La grisaille morose de l'hiver s'en était allée. Les beaux jours, les guêpes et les frelons revinrent. Calme et placide, elle entretenait son jardin bien que, par moments, elle entendît des bourdonnements qui attestaient la présence d'hôtes indésirables. Théo n'était plus là pour lui venir en aide et elle peinait toujours à maîtriser ses réactions face à ce monde étrange, innombrable et vrombissant. C'était une menace à la fois réelle et irrationnelle. Alors, chaque fois qu'elle sentait que la panique allait la submerger, elle pensait à Arachné, à son courage inébranlable, sa folle audace. La fileuse avait affronté une terrible déesse, et elle, Emma qui pensait être libre, autonome, craignait, à en devenir ridicule, une petite araignée ! Puis, un jour, elle se surprit à contempler une immense toile d'araignée baignée de rosée, qui oscillait au gré du vent. « Comme elle est belle ! On dirait que les rayons du soleil la transforment en collier de perles nacrées. » Et elle se rappela Arachné, son extraordinaire vaillance et son refus de la soumission.

Les vacances arrivèrent. Emma et sa bande de copines se retrouvèrent dans un club en Grèce. Farniente au bord de la piscine, mini-croisières, dîners dans de petits restos typiques, soirées en boîte, c'était la dolce vita. Une excursion à Athènes, avec la visite du nouveau musée de l'Acropole, fut même proposée.
- Berk ! un musée, ce n'est pas une bonne idée ! déclara en chœur la majorité des amies.

Ce cri du cœur ne retint pas Candice, la plus délurée de la bande, qui aimait la drague, le flirt et plus si affinités.
- Je ne suis pas d'accord. J'ai repéré un très beau mec qui a l'air d'aimer tous ces vieux trucs. Les copines, je sens que la visite du musée va m'intéresser au plus haut point !

Et toutes d'éclater de rire. Décidément, ces vacances étaient super.
- Kalimèra, Kalimèra, bonjour, c'est avec moi que vous allez visiter ce tout nouveau musée. J'espère que je saurai vous faire partager ma passion pour nos lointains ancêtres. Je m'appelle Tina, c'est le diminutif d'Athéna, la fameuse déesse dont nous verrons plusieurs statues car elle est, en quelque sorte, la patronne d'Athènes. Suivez-moi.

Personne ne songea à désobéir à cette

pétulante jeune femme, à l'accent chantant, les messieurs la suivaient même de très près. Candice, devinant une rivale, s'empressa d'accaparer celui que toute la bande surnommait « l'archéologue ». Son manège n'échappa pas à Emma qui ressentit un léger pincement au cœur, elle aurait tant voulu être aussi volage et capable de profiter de l'instant présent sans se soucier de rien. Elle se reprochait souvent d'être trop romantique.

Emma écoutait la guide et regardait d'un œil distrait les nombreuses statues de jeunes filles austères, dont le corps maladroit était drapé de longues robes à plis, des « korês », avait précisé Tina.
- Tiens, tiens, j'ai déjà vu cette tête quelque part, ces yeux bleu-vert, au regard perçant, ce nez droit, cette longue chevelure incroyablement bouclée. On dirait... on dirait... mais oui, c'est le visage de la sophrologue que j'ai consultée. Comment s'appelait-elle déjà ? Tina, Tina, un nom impossible à retenir, qui se terminait en " oulos "... Je vais aller voir la guide.
- Cette statue est celle d'Athéna, qui a traditionnellement de nombreux qualificatifs. Ici, la déesse est appelée " Poluboulos " (et Tina montra, au pied de la statue, un mot en grec ancien), qui signifie " de bon conseil " car elle était aussi la déesse de la Sagesse. »

Emma encaissa le coup.

La visite de Plaka, le quartier ancien d'Athènes, suivit celle du musée. Les touristes se pressaient dans les ruelles étroites bordées d'innombrables boutiques largement ouvertes sur la chaussée. C'était déjà le charme et les parfums de l'Orient. C'était le paradis des reines du shopping et les copines s'en donnaient à cœur joie. Emma ne partageait pas cette insouciance, elle pensait à cette korê, elle aurait juré l'avoir vue en chair et en os. Elle aurait aimé revoir cette statue.

De retour au club, on déballa, compara, commenta les achats : tee-shirts plutôt kitsch, bijoux made in China, vraies fausses antiquités, articles en cuir... Emma n'avait acheté qu'un livre. La langue bien pendue de Candice ne put se retenir :
- Tiens ! tu t'intéresses à la mythologie maintenant ? Les copines, on aura tout vu !

Et toute la bande la chahuta. On en vint même à soupçonner qu'elle était amoureuse de « l'archéologue », cela n'aurait pas été étonnant, il était vraiment le plus beau de tous ! Emma ne sut que répliquer à ces moqueries. Sur la plage, elle s'empressa de lire le livre choisi avec soin dans la boutique du musée. Il était abondamment enrichi de photos en couleur et agréable à lire. Tout ce qui concernait Athéna, la déesse aux yeux pers, retint son attention. Elle y voyait un peu plus clair à

présent. Elle comprenait ce qui lui était arrivé : désormais, quand elle pensait à Arachné, la petite fileuse, elle se sentait obligée d'être courageuse et sa phobie, sans être totalement vaincue, avait diminué d'intensité et devenait contrôlable. Elle poursuivit sa réflexion :
- Il y a quelques années, je lisais. Pourquoi ai-je laissé tomber la lecture ? Je ferais bien de m'y remettre si je veux gouverner ma vie et même, pourquoi pas ? comprendre ce qui se passe dans le monde.

L'avion a décollé. D'un coup d'aile, il survole Athènes. Le voilà déjà au-dessus de la Méditerranée. La bande de copines ne rit plus, les vacances sont terminées. Candice fait la tête, son archéologue l'a « larguée » alors qu'elle commençait à s'attacher à lui et aurait pris des cours d'histoire ancienne pour lui plaire. Emma soigne sa mélancolie et s'aperçoit qu'elle s'est attachée à la Grèce, un pays qui a priori ne la tentait pas, elle se promet d'y revenir — avec ou sans ses copines. Elle se promet aussi de s'intéresser à la mythologie, à l'histoire, de continuer à lire. Bien calée dans son siège, elle somnole.
- Ne t'en fais pas, Emma, laisse dire tes copines et fais ce que tu juges bon de faire. Je sais qu'il n'y a pas que les insectes et les araignées qui te tracassent.

Le prince charmant n'existe que dans les contes de fées mais tu aimerais rencontrer quelqu'un qui lui ressemble. Sois patiente, comme l'épeire au centre de sa toile. Sois toi-même et un jour, tu verras, tu le rencontreras.

Cette voix, elle l'a déjà entendue, c'est celle de la « sophrologue » Tina Poluboulos, c'est celle d'Athéna, la déesse de la Sagesse, celle qui donne de bons conseils.

Cold Case

« Mais où est donc Ornicar ? »

Ces mots ne cessaient de trotter dans sa tête. Son mari Amédée, qu'elle appelait toujours Ornicar, avait disparu depuis trois jours. Quel mauvais tour lui avait-il encore joué ? Elle ne pouvait plus le supporter. Si elle était capable de gagner sa vie, il y a longtemps qu'elle aurait divorcé. Mais, poussée par des parents conformistes et n'ayant que peu de goût pour les études, elle avait épousé le premier venu, croyant ainsi assurer son avenir. Comme elle regrettait son manque de réflexion !

Elle attendit une semaine avant d'alerter la police. On lui dit que son mari, majeur et sain d'esprit, avait bien le droit de disparaître et qu'a priori – à moins qu'on ne retrouve son cadavre – aucune enquête ne serait ouverte. Elle se garda bien d'insister...

Faisons, si vous le voulez bien, connaissance avec Amédée Ornicar. La cinquantaine bien avancée, il ne payait pas de mine. À vrai dire, il ne payait jamais grand-chose car son salaire de comptable suffisait à peine aux besoins de sa femme. Il avait cessé de lui dire qu'elle avait la fièvre acheteuse car cette boutade, certes, d'un goût douteux, déclenchait désormais chez elle des jérémiades interminables. Il s'efforçait donc de parler le moins possible, de passer inaperçu, petite ombre discrète dans un complet-veston démodé, aussi grise que les murs qu'il longeait pour se rendre à son bureau. Amédée se demandait souvent si son prénom lui convenait : il ne se sentait pas vraiment « aimé de Dieu ». Enfant unique d'une femme fantasque et autoritaire, il ne savait pas dire non. C'est ainsi qu'il s'était retrouvé l'époux d'une charmante jeune fille qui plaisait beaucoup à sa mère mais n'avait pas suscité chez lui le moindre émoi amoureux. En quelques décennies, la douce et timide créature qu'il avait épousée s'était métamorphosée en une matrone acariâtre, frustrée et tyrannique. Et dépensière ! Il finissait par croire qu'elle achetait un tas de choses inutiles, non par plaisir ou par compulsion, mais tout simplement pour le faire enrager et le priver du plus petit plaisir. Lui s'échinait au travail, enchaînant les heures supplémentaires et finissant immanquablement le mois « dans le rouge » au grand dam de son banquier. Il n'avait pu sauvegarder qu'un seul de ses loisirs, la lecture. Il fréquentait assidûment la bibliothèque municipale où, sous prétexte de conseils de lecture, il échangeait quelques mots avec la jeune bibliothécaire. Elle lui plaisait bien, cette petite ! Il aimait à penser à elle, à sa jeunesse, à sa science et à son humeur égale et paisible.

Un soir, alors qu'il s'en revenait de la bibliothèque, le cartable chargé de livres, comme le vieil écolier qu'il semblait être resté, lui vint la folle idée d'entrer dans un café pour boire un petit coup de blanc, histoire de se remonter le moral qu'il avait dans les chaussettes. C'était le soir de la Saint-Valentin et il était bien loin d'avoir auprès de lui une Valentine avec qui partager cette fête. Une longue file de clients attendait pour acheter un billet de loto. Le gain de cette tombola était à la hauteur de la célébrité du patron des amoureux. Ornicar n'avait jamais joué de sa vie, mais ce soir-là, l'envie de participer au tirage au sort était, sans qu'il sût se l'expliquer, irrépressible...

Quand il apprit qu'il était « l'heureux gagnant », l'aimé de Dieu eut du mal à cacher sa joie. Heureusement que sa femme ne lui prêtait plus d'attention, il était pour elle, comme pour ses collègues, un être fugace, sans consistance, pour tout dire, invisible.

Quelques semaines plus tard, il partit à son travail comme tous les autres jours mais n'y arriva jamais. Le soir même, il était installé, pépère, dans un minuscule appartement, seul, comme des milliers d'autres qui habitaient cette métropole. Il se fondit le plus aisément du monde dans ce quartier populeux.

Personne ne remarqua cet homme plutôt petit, voûté, la moustache poivre et sel, le regard protégé par des lunettes teintées. Toujours vêtu d'un éternel blue-jean et d'un blouson râpé, il attendait son heure : l'heure de la liberté et de la vraie vie. Il se reprochait pourtant que l'abandon de sa femme ne lui causât aucun remords. Il avait beau se livrer à la plus pointilleuse des introspections, vraiment non ! il ne regrettait rien. Il pressentait que son épouse avait depuis longtemps détourné tous les mois un peu d'argent afin de se constituer ce qu'elle appelait « un petit matelas » « au cas où », elle aimait cette expression qu'elle employait souvent d'un air qu'il ne savait qualifier, mi-gourmand, mi-goguenard. Certains soirs, quand il se laissait gagner par la déprime, il en venait à craindre qu'elle ne lui servît un bouillon d'onze heures... Il devait se montrer ferme – et pour une fois – suivre le plan qu'il avait longuement mûri : une telle chance ne lui serait pas offerte deux fois.

Quand il supposa que tout le monde l'avait oublié, il se procura des faux papiers. Il choisit un nouveau patronyme et comme il avait toujours eu le sens de la dérision, il se fit appeler Max Lelong. Ainsi paré, il était fin prêt. Vous pensez sans doute que l'ex-Amédée Ornicar, devenu le si bien nommé Max Lelong allait s'envoler pour une de ces îles paradisiaques avec palmiers, vahinés sexys, couronnées de fleurs au parfum capiteux et lagon bleu turquoise ; c'est sans doute, ce que vous auriez fait à sa place ! Eh bien non ! Il acheta un vieux moulin, à l'écart du village, dans une province qui l'avait toujours fait rêver et dont – par respect pour sa quiétude – je tairai le nom. Je dirai seulement que c'est une région au charme discret, un peu oubliée elle aussi et qui, somme toute, lui convenait parfaitement. Il fit restaurer le moulin en prenant soin de respecter son apparence sans ostentation et ses belles pierres de calcaire blond comme les blés qui, naguère, s'entassaient en sacs dans la grange. Max Lelong pouvait dorénavant couler des jours heureux, profiter des joies simples d'une vie simple, à son goût et à sa mesure. Même si, parfois, une pensée incontrôlée, un peu insidieuse venait à occuper son esprit : le souvenir lancinant de la jeune bibliothécaire. Vite, il chassait cette réminiscence un peu douloureuse et faisait appel à toutes les forces de sa raison. « Voyons, tu es bien trop vieux pour elle ! » se persuadait-il, ayant toujours, habitude ancienne, la manie de parler tout seul. Il savait bien pourtant que la juvénile silhouette de la jeune femme viendrait hanter longtemps sa solitude.

Regardez-le : il est allongé dans une chaise longue, les doigts de pied en éventail. Il écoute sans se lasser le ruisseau qui alimentait le moulin et zigzague joliment à travers les prairies. Comme lui, il prend son temps. Max Lelong, l'aimé de Dieu ou du destin, pense avoir enfin trouvé le bonheur (ou ce qui s'en approche). Il s'est libéré de son tyran et se dit dans un souffle : « Mission accomplie ! »

Cauchemar en cuisine

Sandrine s'était mise à cuisiner — régulièrement. Elle avait longtemps moqué Simone, sa mère qui, bien que féministe « historique », passait des heures à éplucher des légumes, touiller des sauces, rôtir, dorer, mijoter, étaler de la pâte, afin que, du début à la fin du repas, tout fût fait maison. Elle n'était pas née cuisinière, comme elle n'était pas née femme, mais elle l'était devenue et son savoir-faire de cuisinière, à vrai dire, comptait beaucoup pour elle car s'assumer en tant que représentante du deuxième sexe ne lui avait jamais vraiment posé problème. On est la Simone qu'on peut, aussi ses invités qui appréciaient sa cuisine, pour la charrier, l'appelaient-ils Simone de Beaurecevoir. Elle était allée à l'école de la République qui lui avait appris à penser mais aussi à celle de sa grand-mère qui lui avait appris à cuisiner : ne pas gaspiller la nourriture était son dogme fondamental et si le dimanche, on mettait les petits plats dans les grands – la poule au pot chère à Henri IV était un de ses plats de prédilection – les autres jours, la simplicité, à table, était de mise (le mot « sobriété » n'était pas encore à la mode).

Donc Sandrine s'était mise à cuisiner. D'un

revers de casserole, elle balaya tous les plats traditionnels mais goûtus que sa mère réussissait avec maestria. Elle voulait être à la mode, épater ses amies et surtout prendre des photos de ses plats pour les exposer sur Facebook et YouTube. Avec audace, elle se lança dans la confection de chips de plantain, de galettes de pourpier, de poêlées de fougères. Elle ne ménagea pas les épices. Au diable le thym et le laurier, les clous de girofle et le genièvre trop communs, trop conventionnels. Bienvenue à l'ail des ours — si subtil, au calament, à la berce commune aux notes d'agrume et à la coriandre en feuilles. Par ici les pestos, les pickles de toutes sortes. Des plantes sauvages parfument les soupes, les cakes et les omelettes. On va soi-même cueillir des orties, des feuilles de sureau, des baies d'églantine riches en vitamine C. La forêt est devenue un self-service botanique, pour ne pas dire gastronomique.

Pourtant, Sandrine n'aime pas vraiment la forêt. Le bruit du vent, le craquement inopiné des arbres, l'absence de repères dès qu'on quitte le sentier, les myriades d'insectes qui vibrionnent d'une frénésie inexpliquée, tout cela l'inquiète. Et que dire des sous-bois, dont les mousses aqueuses prolifèrent et des troncs d'arbres morts qui se décomposent lentement mais sûrement ? Elle n'ose même pas les toucher. Les aubépines immaculées, les bourgeons pleins de sève, les chatons de velours d'un beau gris tendre, prémices du printemps et de la vie qui renaît, ne la troublent pas. L'automne venu, les arbres qui marient leurs couleurs allant du jaune doré au vermillon en passant par le roux le plus intense, l'indiffèrent. Mais il faut être tendance et avoir des idées et des loisirs à la dernière mode, donc aimer la nature et rechercher ses bienfaits.

Quand Sandrine se sentit enfin prête, elle invita ses amies. Le succès de son goûter fut modéré. Personne ne reprit du crumble au lierre, il est vrai qu'elles étaient toutes au régime... Sandrine cachait tant bien que mal sa déception : son gâteau était si photogénique ! Comme le chocolat (équitable) au quinoa croquait assez bien sous la dent, on en mangea volontiers sans se soucier que ledit quinoa avait fait des milliers de kilomètres pour parvenir sur la table du salon. Mais cette douceur exotique ne put masquer le goût plein d'amertume du café aux glands qui fut un authentique fiasco.
- C'est un sacré boulot, expliqua Sandrine qui essayait de sauver son goûter, il faut éplucher les glands un à un, puis les torréfier. On peut aussi faire de l'excellente farine pour la pâtisserie mais on doit tout d'abord faire bouillir les glands dans plusieurs eaux pour enlever les tannins...

Devant la mine déconfite de ses amies, elle

n'osa exposer plus longtemps son savoir culinaire tout neuf et ses nouvelles expériences.

Le soir, dans son lit, Sandrine eut du mal à trouver le sommeil. Sa déception n'avait d'égal que tout le mal qu'elle s'était donné.

Le lendemain, c'est en pleurs qu'elle se réveilla. Son compagnon, étonné de la voir si pitoyable, l'interrogea :
- J'ai fait un horrible cauchemar. J'ai rêvé que j'étais invitée. De grandes tables couvertes de mets plus alléchants les uns que les autres m'attiraient. Ils me rappelaient mon enfance et les bons repas du dimanche que ma mère préparait. Une choucroute royale, un couscous des plus parfumés, un osso buco dont la sauce rutilait comme le soleil, l'été en Italie, une blanquette crémeuse, tous ces plats me faisaient venir l'eau à la bouche. Mes desserts préférés me faisaient de l'œil : les gaufres, les crêpes, les brioches, et des tartes aux fruits qui embaumaient. Mais dès que je m'approchais, les tables reculaient inexorablement.
- Et c'est pour ça que tu pleures ? s'enquit son compagnon qui était plus fine mouche qu'il n'en avait l'air.
- Oui, ça peut te paraître idiot, mais de voir tous ces plats qui me rappelaient mon enfance et que je ne

pouvais pas approcher me faisait pleurer sans que je puisse me retenir.
- Bon, dit-il de l'air le plus sérieux du monde, celui qu'aurait pris un docte médecin des âmes, je vois très bien la cause et le remède de ce grand chagrin. Téléphone à ta mère et arrange-toi pour qu'elle nous invite. Elle ne demande que ça.

Il se garda bien d'ajouter que lui aussi ne demandait que ça.

Le monde d'autrefois, du Moyen Âge, aux années 50

La première victoire de Jeanne d'Arc

En cette fin d'après-midi, où les brumes naissantes disputaient le couchant à un soleil pâlichon, Isabelle Rommée filait dans sa maison, l'une des plus belles du village, avec sa grand-salle aux fenêtres vitrées, complétée de deux autres pièces. Elle songeait. Le ronronnement de son rouet ne berçait pas d'heureuses réflexions. L'hiver approchait, qui amènerait, aux abords du village, loups affamés et routiers plus féroces encore, soldats déserteurs, toujours à l'affût de quelque butin : bétail, tonneaux de vin ou d'eau-de-vie, femmes à forcer. Quand cette soldatesque était partie, après avoir ripaillé sans mettre le feu au village ou aux récoltes, on remerciait le Seigneur en organisant des actions de grâce. Isabelle se sentait vieille et fatiguée. Bien qu'elle ne contestât pas la volonté divine, elle se remettait difficilement de la disparition de sa fille Catherine, morte en couches après avoir mis au monde un enfant chétif qui l'avait suivi dans l'au-delà quelques jours plus tard. Heureusement on avait pris soin de le baptiser ! Le visage livide, marqué par les souffrances, de la jeune morte et le corps squelettique de l'enfançon peuplaient encore ses cauchemars. Avec Jeanne, sa fille aînée, elle avait adressé, en vain, d'ardentes prières à sainte Marguerite, la protectrice des femmes en couches, dont la statue à côté du bénitier accueillait les fidèles de leur petite église.

Jeanne, justement, « la Jeannette de la Rommée », comme tout le monde l'appelait à Domremy, c'était elle qui lui causait le plus de souci.

« Pourquoi est-elle toujours fourrée à l'église ? Pourquoi ne me parle-t-elle jamais de rien ? Dire qu'elle a refusé un beau parti, un solide gaillard, de bonne renommée, avec des champs, des prés, deux vignes, du bétail. Un promis comme celui-là est un don du ciel. Les deux familles étaient d'accord sauf... Jeanne ! Elle a même réussi, cette toute finaude, à convaincre son père de l'accompagner à Toul pour rompre le contrat de fiançailles. Veut-elle, comme sainte Marguerite, épouser Notre-Seigneur ? »

Elle se rappelait avoir entendu l'histoire de cette sainte. C'était il y a longtemps, bien avant son mariage avec Jacques d'Arc, laboureur de son état, un des meilleurs partis de Domremy. Sur la place de l'église, un troubadour, gras et richement vêtu, envoyé par l'évêque de Verdun, avait, accompagné de sa vielle, chanté les louanges des saints. Elle avait particulièrement apprécié l'histoire de sainte Marguerite qui, tout comme elle quand elle était enfant, gardait les moutons et qui, – tout comme sa fille – avait refusé un riche mariage. Qu'avait-elle en tête, cette Jeannette taiseuse ? Malgré son goût pour l'épargne, la Rommée aurait volontiers donné quelques piécettes à quiconque aurait pu la renseigner.

Des bruits de pas interrompirent ses pensées. Vite, elle se remit au travail avec ardeur. Le rouet tournait à bonne allure quand Jacques d'Arc entra. Il s'en revenait des labours. Homme dur à la tâche, respecté de tous, enviés de quelques-uns, il n'aimait pas que, sous son toit, on entretînt des idées moroses, il fallait toujours faire bonne figure et mettre du cœur dans toute occupation. « Il n'a qu'un seul défaut, admit la fileuse, il aime trop sa fille. »

Nul n'aurait pu se douter que les broussailles qui croissaient autour de la fontaine dissimulaient un être humain caché, là, dans cet endroit désert. C'était une petite fontaine, marquée par une simple borne sans ornement, avec, pour recueillir l'eau pure et fraîche, une vasque peu profonde, entourée de grosses pierres. Cette fontaine était estimée, vénérée même, car elle ne tarissait jamais et était ombragée par l'arbre aux fées, l'arbre aux Dames, comme on disait dans le pays. Cet être humain, aux vêtements couleur de l'automne qui finissait, n'était autre que Jeanne, vous l'aviez deviné. Il n'est pas sûr qu'elle en eût pleinement conscience, mais elle était en train de dire adieu à son enfance.

Le site du Beau Mai, ainsi était-il appelé, se trouvait au Bois-Chenu, à quelques lieues de Domremy. C'était là, sans doute, que Jeanne avait vécu les meilleurs moments de sa jeune vie, moments d'insouciance et d'innocence confondues. À la veille de l'Ascension, la procession des rogations se déployait à travers la campagne : on voulait que Dieu protège les récoltes des prés et des champs. Le curé en profitait pour bénir l'arbre majestueux et lutter ainsi contre le pouvoir de ces créatures diaboliques, présentées par leurs suppôts comme de belles dames alors qu'elles incitaient celles et ceux qui croyaient en elles à commettre des péchés mortels. Pourtant ce n'était pas le souvenir des mises en garde du curé qui faisait naître chez Jeanne une émotion irrépressible, mais l'évocation de la fête qui suivait. Filles et garçons dansaient la ronde autour de l'arbre décoré de guirlandes de fleurs des champs. Jeanne, qui irait, en fin de soirée, à l'église déposer un bouquet des mêmes fleurs au pied de la Sainte Vierge, la Dame du Ciel, ne se doutait pas que ces distractions innocentes lui causeraient, plus tard, de graves ennuis et nourriraient les soupçons d'imposants hommes de loi, bien décidés à la trouver coupable et à la condamner. Après la danse venait le goûter. Dans des vies si bien remplies (la besogne ne manquait pas – surtout à la belle saison), cette pause était la bienvenue. On mangeait avec appétit des tartes au massepain, des oublies, des gâteaux au miel, on partageait les guignes aigrelettes, les groseilles à maquereau qui craquent sous la dent. Et les fraises des bois ! Jeanne n'oublierait jamais le parfum des fraises du Bois-Chenu. Détendue et enjouée, elle prenait alors le temps de discuter avec Mengette, sa meilleure amie, Mengette qu'elle quitterait bientôt.

Elle se rappelait aussi qu'elle aimait aller, le dimanche, à la chapelle de Bermont tenue par des ermites, hommes sages et de bons conseils. L'isolement des bâtiments et la nature à demi sauvage qui les entourait lui convenaient. De cet endroit, elle dominait la Meuse qu'elle pouvait contempler à loisir. Elle aimait ses eaux claires, ses rives boisées ou verdoyantes. Lui revinrent à l'esprit les jeux de sa première enfance, les rigoles creusées, les petits barrages de brindilles, les galets lisses, doux au toucher, qu'elle ramassait. Pendant le carême, les paysans venaient pêcher les chevesnes au ventre argenté, les perches arc-en-ciel et repartaient, satisfaits, quand leurs filets s'arrondissaient d'aloses frétillantes.

Depuis qu'elle avait appris la nouvelle du siège d'Orléans, Jeanne avait perdu sa sérénité. Les voix qu'elle entendait depuis l'âge de treize ans se faisaient de plus en plus insistantes. Elles lui représentaient les malheurs extrêmes des assiégés condamnés à mourir de faim et de soif ou à se rendre à des assaillants impitoyables qui n'auraient d'eux nulle merci. Tous le savaient, c'était la dure loi de la guerre. Elle entendait Dame Marguerite, elle l'avait bien reconnue, elle ressemblait à la statue de l'église. La sainte ne cessait de lui parler du gentil dauphin, si démuni dans son petit royaume, face aux Anglais conquérants, que rien ne semblait devoir arrêter. Elle devait absolument le rencontrer, le persuader qu'il était le vrai roi de France et le mener à Reims afin qu'il reçût la sainte onction du Seigneur. Elle devait bouter hors de France ces Anglais si arrogants qui voulaient s'emparer du trône et remplacer le dauphin Charles par un roi étranger. Elle entendait aussi Dame Catherine qui lui avait conté son martyre. La sainte avait échappé au supplice infamant pour une demoiselle de son rang, celui de la roue. Un ange, envoyé du ciel, avait brisé l'ignoble instrument, la sauvant ainsi de la honte d'un supplice réservé aux malfaisants de toutes sortes. Puis, il y avait saint Michel. Chaque année, au mois de septembre, au moment de sa fête, le curé racontait son combat fameux. Tous les fidèles vivaient cet affrontement céleste comme s'il s'agissait d'un tournoi organisé par monseigneur le duc de Lorraine. Le curé n'était pas avare de détails et l'exaltation le gagnait lui aussi. Le saint combattant, la tête auréolée, vêtu d'une longue robe blanche, pareille à un bliaud, déployait ses vastes ailes d'or et protégé par son bouclier, enfonçait sa lance avec une intrépidité merveilleuse dans la gueule enflammée d'un dragon qui incarnait le diable. Que de bons souvenirs ! Mais désormais, elle devait consacrer toute son énergie à sa mission.

Elle devait partir, quitter le monde rassurant de son enfance, ses parents et ses frères qui l'aimaient tendrement, même s'ils ne le montraient pas. Les démonstrations d'affection n'étaient pas de mise dans la famille. Elle regrettait particulièrement de quitter sa mère à qui elle n'avait jamais pu faire de confidences. Pourquoi ? Elle n'aurait pu le dire avec exactitude. Elle n'était pas la fille qu'elle aurait aimé avoir. Elle était bien trop différente des filles de son âge qui, toutes, étaient mariées et pour la plupart mères de famille. D'ailleurs, ces dernières ne se privaient pas de se moquer d'elle... Une envie soudaine de revoir la Meuse, l'agrément de son enfance, la saisit. Lorsqu'elle arriva au bord du fleuve, elle détailla le paysage pour ne pas oublier sa sereine tranquillité. Elle prit un peu de sable déposé par la dernière crue et le laissa couler entre ses doigts afin d'en apprécier la finesse et la fluidité. Elle cueillit une branche d'armoise, dont elle aimait l'odeur pénétrante. Pour les femmes du village, c'était l'herbe de la Saint-Jean, et pour Jeanne, c'était, comme toutes les plantes médicinales, un cadeau de Dieu qui avait maintes fois soulagé ses douleurs. « Meuse paresseuse ! Je ne sais pas si je te reverrai... » Le temps pressait, Jeanne savait qu'elle était en partance. La Meuse passait mais ne partait pas. Et comment faire ? Comment persuader son père de la laisser partir ? Elle savait qu'en refusant le promis qu'il lui avait trouvé, elle l'avait fâché, et ce refus inattendu avait déconcerté tout le village et nourri bien des ragots, situation que son père n'appréciait pas. Et comment expliquer sa mission sacrée au représentant du roi de France, le capitaine Robert de Baudricourt de la châtellenie de Vaucouleurs ? Son destin dépendait de ces deux hommes. Le premier, elle savait qu'elle pourrait obtenir de lui ce qu'elle voulait. Le second, elle ne le connaissait que de nom. Sa noblesse, ses fonctions faisaient de lui une personne redoutable, qui n'appartenait pas à son monde. Jeanne comptait sur l'appui de saint Michel, le soldat de Dieu, pour qu'il l'aide à convaincre Robert de Baudricourt, le soldat du roi. Jeanne se morfondait, ses voix lui intimaient l'ordre de sauver le roi et le royaume, elle ne pouvait renoncer, elle ne doutait pas qu'elle était l'envoyée du Seigneur.

Une occasion se présenta enfin. Une cousine germaine qui habitait Burey près de Domremy venait d'avoir un enfant. La cérémonie de ses relevailles, au cours de laquelle elle remercierait Dieu de son heureux accouchement, approchait. Elle avait besoin d'aide. Jeanne se proposa et Jacques d'Arc ne put refuser à sa fille de partir assister sa cousine. Mais soulager une mère de famille n'entrait pas dans ses desseins, elle eut vite fait de demander au père du nouveau-né de l'emmener à Vaucouleurs. Il accepta. Les voilà partis ! Cependant, il lui restait à accomplir la partie la plus difficile de sa mission.

La première chose que Jeanne vit de Vaucouleurs, ce fut une grosse tour qui se détachait, sombre et menaçante, sur le ciel bas et gris de l'hiver qui venait. Cette masse imposante servait de point de repère aux voyageurs qui fréquentaient les nombreuses foires de la région. Jeanne se figura aussi qu'elle signalait aux chemineaux et aux pauvres hères un lieu où, quand il gelait à pierre fendre, ils pourraient trouver quelque secours. Ces miséreux plaçaient tout leur espoir en messire Robert, noble chevalier qui, selon la coutume, devait venir en aide aux indigents et Jeanne pensa qu'elle était comme eux, une petite paysanne quémandant de l'aide. On arriva enfin aux abords du château, une vraie forteresse, entourée d'épais remparts.

Quand il vit arriver les deux voyageurs, tous deux pauvrement mis, et qu'il eut entendu les suppliques de Jeanne, le capitaine, représentant du roi de France, n'en revint pas. Il n'aurait jamais imaginé une telle demande. Une jeune manante, exiger le commandement général des troupes du royaume, quelle audace inouïe, quelle folle hardiesse ! Puis un soupçon lui vint. C'était une illuminée, peut-être même une sorcière. Son entourage et ses espions lui avaient raconté que de nombreuses femmes, en cette région frontalière, des soi-disant prophétesses, des pucelles exaltées, se prétendaient toutes envoyées de Dieu, chargées par Lui de sauver le royaume. Il devait être prudent et montrer du discernement : il envoya son valet souffleter la donzelle et pria fermement le cousin de la ramener dans sa famille qu'elle n'aurait jamais dû quitter.

Mais Jeanne est tenace. Elle s'installe à Vaucouleurs. Elle prie tous les jours la Vierge de Notre-Dame-des-Voûtes, la chapelle du château. Sa fervente piété bouleverse le menu peuple qui, las de cette guerre interminable et des effroyables malheurs qu'elle engendre, ne demande qu'à croire en ses paroles. Pour tous ces pauvres gens, elle est bien l'envoyée que Dieu a promise. N'y a-t-il pas eu des prodiges inouïs la nuit de sa naissance ? N'a-t-on pas entendu dans tout le village de Domremy, le chant du coq, animal de bon augure ? En réponse au deuxième refus de Baudricourt, elle s'en va invoquer le Christ à l'ermitage Saint-Nicolas de Septfonds. Le corps pathétique du divin supplicié l'émeut profondément et fortifie sa détermination. Sa popularité grandit et parvient à la cour de Lorraine où la vie n'est plus aussi agréable car le duc Charles est malade. Il mande Jeanne. Quand elle le rencontre, elle ne voit pas dans le duc un homme de pouvoir, maître incontesté de la maison de Lorraine, mais un homme qui vit et se complaît dans le péché, et Jeanne de le sermonner sans ménagement. Elle accepte de prier pour sa guérison, mais il doit se séparer de sa maîtresse, la belle Alison Du May et mener désormais une vie conforme aux préceptes de l'Église. Le duc, grand seigneur, s'il n'est pas prêt à suivre les chastes conseils de sa visiteuse, lui accorde une escorte, c'est son gendre, René d'Anjou, parent du dauphin, qui la mène. Mais le duc, en homme prudent, qui veut à la fois ménager la maison de France et celle de Bourgogne, puissant apanage, dont les fiefs entourent ses possessions, ordonne à son gendre de ne pas accompagner Jeanne dans ses futurs combats.

Les jours passent, l'hiver est installé. Baudricourt comprend que Jeanne ne lui obéira pas, elle ne retournera pas à Domremy. Plus que jamais, elle est persuadée qu'elle est l'instrument de Dieu : elle fera sacrer le dauphin à Reims, le berceau de la royauté, et chassera les envahisseurs, la paix, grâce à elle, reviendra. Enfin, Baudricourt a cédé, la petite paysanne de Domremy a gagné. Il lui accorde une escorte, ses six premiers compagnons d'armes, vite conquis par l'assurance, l'enthousiasme et la foi inébranlable de Jeanne.

Ce 23 février 1429, il fait froid. La neige, fraîchement tombée dissimule une épaisse couche de verglas. Les fontaines, même, sont gelées et ne laissent plus couler qu'un mince filet d'eau. La campagne, alentour, semble morte. Au château c'est le branle-bas du départ. Les corneilles cernent le sommet de la grosse tour et criaillent leur famine. Les chevaux s'ébrouent, frissonnent. Impatients, ils attendent leur chargement et les cavaliers. La cour est noire de monde. Ils sont tous là, grands et petits, jeunes et vieux, les vilains et les bourgeois, les bien portants, les malades et les estropiés. Ils ont quitté, qui leur ferme, qui leur échoppe et leurs chalands. Pour rien au monde, ils n'auraient voulu manquer l'événement. Et ils l'attendent, elle, Jeanne qui leur a tant promis et leur a redonné l'espoir et le goût de vivre. Et Jeanne arrive et les voit. Ce sont surtout les miséreux, enveloppés dans de pauvres hardes qui retiennent son regard. « Comme ils sont nombreux, pense-t-elle, hélas ! » Avant de partir, elle est allée à Saint-Nicolas-de-Port prier pour eux et pour le succès de sa mission, le saint patron de la Lorraine. Tous l'acclament, tous veulent la toucher. Jeanne est émue et presque effrayée, elle n'est pas encore habituée à une telle liesse. Voici Baudricourt, lui aussi regarde Jeanne et lui dit : « Va, va, advienne que pourra... » Elle n'a pas entendu, elle s'en va. Elle franchit la Porte de France. Elle a remporté sa première victoire, elle sait que d'autres suivront. Sans se soucier de ce qui l'attend et qu'elle pressent peut-être : une geôle sombre et puante, le bûcher surélevé afin d'être visible de tous et la tunique de toile soufrée, Jeanne chevauche vers son destin.

Le château de Circé

(Le château de Tournoël dresse ses ruines à Volvic dans le Puy-de-Dôme. En l'an 1500, c'est un magnifique château et Françoise de Talaru en est la propriétaire, situation très difficile pour une jeune veuve. Elle va tout faire pour sauvegarder l'héritage de sa fille, préserver son indépendance et vivre comme il lui plaît.)

Le château de Tournoël se dressait, fier et menaçant, sur son éperon rocheux. À la belle saison, son haut donjon émergeait des bois de châtaigniers qui l'entouraient. Dès que le vent du soir se levait, leur austère feuillage bruissant formait comme un écrin dans la sérénité du crépuscule. L'automne, puis l'hiver avaient dénudé ces puissants « arbres à pain », providence des manants, que les mauvaises récoltes et les impôts affamaient souvent. On distinguait alors le chemin de ronde qui enserrait le donjon et, lui faisant face, la grosse tour carrée – celle-là même qui avait résisté aux assauts de l'armée de Philippe Auguste, trois siècles plus tôt. Noël approchait mais en ce début du XVIe siècle, il n'y aurait pas de belles cérémonies à la chapelle, pas de festins où se succéderaient gibier et grasses volailles, pâtés succulents, saucisses et boudins épicés : le maître venait de mourir, ne laissant pour héritière qu'une enfant de sept ans à peine...

Ne craignant ni le froid, ni les hardes de loups que la faim rendait agressifs, Jean de La Roche était parti hardiment avec ses rabatteurs et ses chiens qui ne tenaient plus en place, tout à la joie de débusquer cerfs, chevreuils et sangliers. Mais il s'était perdu dans la brume d'une tempête aussi brutale que soudaine. Ses gens l'avaient enfin retrouvé et ramené au château, grelottant de fièvre. Les élixirs de l'apothicaire de Riom et les électuaires de l'herboriste n'avaient servi qu'à prolonger son agonie et le dernier dimanche de l'Avent, le châtelain avait rejoint ses aïeux dans la crypte de la chapelle castrale. Tous les villageois avaient assisté aux funérailles et veillé à témoigner de leur profond chagrin. En réalité, ils regrettaient surtout de ne pas profiter des reliefs des plantureux banquets qui célébraient la Nativité. Déçus et résignés, ils avaient regagné leurs modestes chaumières, le long de la route qui montait au château. Aucun n'avait osé reparaître devant la châtelaine éplorée. La cour d'honneur était déserte, les cuisines, silencieuses. Le destrier et le palefroi du seigneur avaient l'air eux aussi d'être en grand deuil et renâclaient devant leur picotin. Sous la neige qui tombait sans relâche et s'amoncelait sur les prés et les champs, tout le pays semblait mort.

Devenue veuve à vingt ans, Françoise de Talaru, prenait bien soin, en public, de s'essuyer les yeux avec ostentation. Retirée dans ses appartements richement meublés, elle ne laissait échapper que quelques soupirs, preuve qu'elle regrettait son époux avec modération. Son union avec Jean de La Roche avait été arrangée par les deux familles, comme c'était le cas de tous les mariages de son entourage. À présent, elle se sentait enfin libre de réaliser tous ses projets. Son mari, qui ne s'intéressait qu'à la chasse, ne comprenait pas son désir de côtoyer d'autres gens que ceux du château. Les idées ne lui manquaient pas. Depuis que son beau-père avait transformé Tournoël, de forteresse inexpugnable en agréable demeure seigneuriale, à la mode de son temps : bel escalier gothique, fenêtres à meneaux, tapisseries de haute lice, rien n'avait changé. La jeune et pétulante châtelaine voulait vivre dans un décor au goût du jour. Ce qui fut vite fait. Pour la grande salle, elle fit l'acquisition d'un coffre italien (la mode venait d'Italie !), richement sculpté, qui lui coûta quelques écus sonnants et trébuchants et, désormais en face de la haute cheminée, une crédence en noyer, décorée de deux colonnes en ronde bosse, reposait sur des pattes de lion, éléments essentiels du nouveau style dont elle raffolait.

Depuis qu'elle avait eu affaire à un précepteur (son père avait tenu à ce qu'elle fût instruite), elle avait un modèle, Aliénor, la duchesse d'Aquitaine, deux fois reine. La souveraine, elle aussi, avait reçu une éducation soignée, elle savait le latin et appréciait les œuvres des poètes. Toutes deux partageaient le même goût pour la vie fastueuse, aimant les robes et les bijoux. Françoise n'était pas aussi intrépide qu'Aliénor, elle savait bien qu'elle n'aurait jamais eu le courage d'accompagner son époux en croisade, mais elle voulait, dans la mesure de ses moyens, imiter cette grande dame. Pour attirer les épouses des seigneurs du voisinage, elle convoqua troubadours et musiciens et organisa une cour d'amour. On discutait longuement de la « fine amor », l'amour courtois, et les questions concernant ce tendre sentiment ne manquaient pas. On dissertait sans fin. Tous les participants donnaient leur avis, on s'exaltait sur la manière d'aimer noblement les dames et les damoisellcs, condamnant impitoyablement les rudes manières des chevaliers brutaux et trop pressés d'arriver à leur but. On composait des lais, des rondeaux, des ballades. Tous les poètes de la contrée qui, bien souvent, se contentaient d'une maigre pitance, étaient prêts à se triturer la cervelle pour en extraire quelques vers élogieux à la gloire de la jeune veuve. Les quelques beaux esprits, épris de grec et de latin, de Riom la prospère capitale du duché d'Auvergne, se conduisirent de la même façon. Tous accoururent, un petit nombre d'entre eux, pour exposer les idées nouvelles qu'ils voulaient faire connaître et dont ils auraient aimé débattre, mais tous vinrent – comme un seul homme – pour sacrifier aux plaisirs d'une table réputée, à laquelle le cuisinier et ses marmitons consacraient tous leurs efforts. Tous ces clercs, philosophes, artistes ne dédaignaient pas les nourritures terrestres. Ils ne dédaignaient pas non plus le vin clairet dont les seigneurs de Tournoël faisaient grand cas, le « cuvage », où l'on remisait les cuves du château, et le pressoir en étaient la preuve. Et puis, il y avait les bals qu'elle organisait le plus souvent possible et la jeune femme aimait beaucoup danser. Françoise de Talaru était heureuse, elle vivait pleinement sa vie, c'était si bon d'être libre, c'était si bon de se sentir courtisée, convoitée ! Pour ressentir d'une manière plus éclatante son bonheur et sa chance, elle montait au sommet du grand donjon. De là, elle embrassait toute la Limagne et le Forez. Son mari lui avait expliqué que, de ce château imprenable, on pouvait surveiller les alentours de la bonne ville de Riom et la puissante abbaye royale de Mozac. Oubliant l'existence de sa fille Charlotte, dont elle partageait la tutelle avec son beau-frère, Antoine de la Roche, elle pensait en contemplant le magnifique paysage :

« Tout cela est à moi ! ».

Un jour, elle voulut être la plus belle pour aller danser. Elle commanda du velours imprimé à la main, fabriqué à Venise la fastueuse, pour se faire une robe. Avec le prix du tissu on aurait pu nourrir pendant tout un long hiver les gens du château et même ceux du village. Quand il apprit ce nouveau caprice, Antoine de La Roche, son beau-frère, entra dans une violente colère. Son nez s'allongea et son teint jaunâtre devint plus cireux que jamais. Tout le monde savait qu'il était un pingre fieffé, assoiffé de pouvoir. Décidément sa belle-sœur exagérait. Il y a quelque temps déjà, elle avait acheté un coffret à bijoux, décoré d'émaux champlevés, plus fins et plus colorés que ceux de la châsse de saint Calmin, trésor de l'abbaye de Mozac. En cadet d'une puissante famille et en mémoire de son frère, il devait agir sans perdre de temps. L'idée que Tournoël fût tombé en quenouille lui était insupportable. Un château gouverné par une femme n'était-il pas en grand danger, à la merci de tous les aventuriers, mercenaires sans solde et seigneurs révoltés, en rupture de ban ? « Ces godelureaux de ménestrels, ça ne sait même pas tenir une épée, ni mener un cheval au combat, ça rimaille toute la journée et ça s'empiffre comme des gorets ! Tout est de la faute de cette femelle dévergondée qui dépense sans compter et dilapide l'héritage de sa fille. Que va devenir le fief de Tournoël aux mains de cette... sorcière ? » Le mot était lâché ! Il alerta Guichard d'Albon, bailli de Montferrand et lieutenant du roi. Vertueux jusqu'à la bigoterie, ce dernier retira immédiatement la tutelle de sa fille à la châtelaine, n'eut pas de mots assez durs pour qualifier la jeune femme : « Circé, Mélusine, magicienne, charmeresse, sorcière », et il ordonna un procès. Face à une telle véhémence, Françoise de Talaru ne souffla mot.

L'insouciante châtelaine ne riait plus. Oubliés les bals, les concours de poésie, l'amour courtois et les nouvelles idées inspirées de la philosophie et de la littérature de l'Antiquité. La situation était sérieuse et le moindre faux pas pourrait la conduire à la réclusion définitive dans un obscur couvent – une prison dont elle ne ressortirait jamais – ou pire encore, car le bailli ne badinait pas, au bûcher. Elle était bien décidée à garder sa liberté et les biens dont elle jouissait. Pour accroître sa détermination, elle monta au sommet du donjon. Elle contempla le paysage qu'elle aimait tant. Le printemps éclatait de toute sa sève qui engrossait les bourgeons, la nature revivait. Bêtes et gens, heureux de la douceur du temps, quittaient, qui leurs tanières, qui leurs demeures pour vaquer, pleins d'un entrain nouveau, à leurs occupations. Quel tableau réconfortant et quelle incitation à agir ! La châtelaine, fine mouche, ne savait que trop qui manœuvrait le bailli : son beau-frère, rapace à l'acrimonie chronique, dont l'avarice n'avait d'égale que sa haine de tout ce qui était nouveau et occupait l'esprit de la jeunesse. Il se rêvait, encore et toujours, en paladin de Charlemagne à la barbe chenue, pourfendant de son épée son adversaire et sa monture, en un combat d'une autre époque.

Si elle voulait garder en son pouvoir le château et sa jeune héritière, elle n'avait que son intelligence. Elle proposa au bailli ébaubi sa fille Charlotte en mariage à son fils Jean. Il s'empressa d'accepter. Une future épouse dont la dot est un des plus beaux châteaux de la région, même si elle n'a que sept ans, ne se refuse pas. Les fiançailles furent officiellement proclamées. Quant au mariage, on attendrait encore quelques années. Le bailli se frottait les mains de contentement. Son fils aussi. Cependant, Françoise n'avait pas oublié la remontrance du sieur Guichard. Il l'avait traitée comme une créature, une femme de mauvaises mœurs, et non comme une dame issue d'une noble famille. « Ah ! pensait-elle, tu m'as insultée en me comparant à Circé et à la fée Mélusine. Eh bien, tu ne t'es pas trompé, je vais te prouver que j'ai des pouvoirs magiques. Je ne métamorphose pas les hommes en cochons, comme le fit Circé des compagnons d'Ulysse, mais je vais réveiller le porc qui est en toi ! ».

Le procès avait attiré la foule des curieux désœuvrés, fort satisfaits d'assister à un spectacle exceptionnel. L'accusée avait soigné son apparence. Elle avait délaissé ses habits de velours chamarré, trop luxueux au goût des bons bourgeois de Riom. Elle avait choisi une robe de drap bleu barbeau et remplacé son petit chapeau à la plume coquine par une aumusse, simple capuchon de tissu comme en portaient les religieuses. Son arrivée dans cette modeste tenue fit bonne impression. Elle veilla à se monter humble et repentante quand elle faisait face au public, tandis qu'elle minaudait lorsqu'elle s'adressait au bailli, n'oubliant jamais de lui lancer des regards qui en disaient long... Ses agaceries soigneusement calculées firent leur effet. Le bailli, à qui son veuvage pesait, fut subjugué. Sans plus réfléchir, il la demanda en mariage. Au début du joli mois de mai, Françoise de Talaru épousait Guichard d'Albon, seigneur de Saint-André. À la fin du mois, essoré par Éros, le bailli s'éteignait doucement, comme le feu dans l'âtre de la cheminée.

Devenue bien vieille, le soir à la chandelle, assise auprès du feu, dévidant et filant, Françoise se perd dans ses pensées. Sa fille a épousé Jean d'Albon dont elle a eu trois enfants. Le château dresse toujours son haut donjon et surveille les alentours. « Ma vie a été bien remplie, songe-t-elle, j'ai fait ce que je devais faire, et j'ai suivi les conseils des poètes, j'ai cueilli "les roses de la vie". »

La sorcière de la source bleu turquoise

(Anjeux fut, en Franche-Comté, un haut lieu de la sorcellerie aux XVIe et XVIIe siècles. Desle la Mansenée, native de ce petit village haut-saônois et accusée d'être une sorcière, fut brûlée vive à Luxeuil en 1529. Quant à la source bleue ou source du Planey, cours d'eau de 6,5 km, c'est un gouffre de 30 m de diamètre et de 26 m de profondeur. La présence de fer très peu oxydé dans la couche marneuse lui donne une magnifique couleur bleue.)

Ai Anjeux lo diale y cueut
Do maîtié jusqu'ai lai neut
Et quand vié lai neut
Lo diale nô quoi pas queut

À Anjeux le diable y cuit
Du matin jusqu'à la nuit
Et quand vient la nuit
Le diable n'est pas encore cuit
(dicton populaire)

C'est un trou de verdure où coulent quatre rivières. « Rivière » est un bien grand mot, ce sont plutôt de petits rus, des ruisseaux paresseux qui zigzaguent à travers les prairies et les pâquis, agrémentés d'arbres à l'ombre bienvenue. Le bonheur qui, paraît-il, est dans le pré pourrait s'installer là, le sol est fertile, favorable aux moissons, l'eau ne manque pas et le climat aux hivers longs et aux étés chauds est supportable, mais c'est sans compter l'être humain et ses semblables...

Le village d'Anjeux existe depuis longtemps. Jadis, il appartenait aux ducs de Lorraine, désormais il dépend des chanoines de Luxeuil, en Franche-Comté. Son souverain est loin, c'est l'empereur d'Autriche, maître d'un empire « sur lequel le soleil ne se couche jamais ». Ce petit coin de terre, isolé et sans richesses particulières, ne le préoccupe pas. Les habitants d'Anjeux ont tout pour être heureux, d'un petit bonheur modeste, humble comme leur condition. Or la révolte couve.

Depuis quelque temps déjà, de nouvelles idées venues d'Allemagne travaillent bourgeois et manants. Elles se propagent vite, comme le font microbes et virus dont, à l'époque, on ignore l'existence. On commence à contester le train de vie ostentatoire de nombreux prélats qui ont plus d'amour pour les pièces d'or, brillantes d'un éclat sans pareil, que de charité pour leurs ouailles qui connaissent la pauvreté pour ne pas dire la misère. Quant aux bourgeois, ils supportent de moins en moins le joug pesant de l'autorité ecclésiastique qui se mêle de tout et restreint leurs droits. À Anjeux aussi, la contestation gagne. Les chanoines s'en inquiètent et le bailli, représentant le pouvoir impérial, est sommé d'agir. Pour calmer les contestations de la populace et les revendications incessantes des bourgeois de Luxeuil, il faut un exemple, un exemple qui sèmera la terreur et ébranlera durablement les cœurs les plus vaillants. Et le bailli d'envoyer sur place ses espions les plus habiles, ceux qui savent, sans en avoir l'air, tirer les vers du nez des bavards naïfs mais aussi des plus futés taiseux.

Après une enquête menée avec une discrétion et une diligence extraordinaires, le bailli fut en mesure de satisfaire les chanoines. Un soir, il emprunta une petite porte de l'abbaye et se retrouva en tête à tête avec le doyen du chapitre.
- Vous avez trouvé ? s'enquit l'auguste abbé.
- Bien sûr.
- C'est une femme ?
- Bien sûr.
- Tant mieux ! Toutes ces gueuses sont plus ou moins sorcières. Elles sont toutes les filles d'Ève, la Grande Tentatrice. Mais dites-m'en plus.

Constatant l'impatience gourmande de son interlocuteur, le bailli ne se fit pas prier.
- Elle est née à Anjeux et son mari a hérité de son

père un beau et important moulin.

Le bailli vit luire une étincelle de convoitise dans le regard du chanoine, cependant il jugea plus prudent de baisser rapidement les yeux.
- Avons-nous de quoi mener à bien cette affaire ?
- Bien sûr, vous pouvez me faire confiance. Je ne voudrais pas vous décevoir et encore moins déplaire à Monseigneur l'évêque !
- Aurons-nous des gens prêts à témoigner ?
- Bien sûr. Une voisine est prête à tout pour nuire à notre sorcière. Elle crève de jalousie devant la jeunesse de la femme et la « richesse » du mari qui dorlote et gâte son épouse alors que le sien, quand il a bu la goutte, lui tombe dessus à bras raccourcis. Elle sera d'autant plus docile qu'elle vient de perdre deux de ses enfants.

Chacun était fort content l'un de l'autre, l'abbé, déjà certain de procurer un beau moulin à l'abbaye, source certaine de revenus et l'officier de justice, sûr de complaire à l'évêque.

Mais quittons nos deux conspirateurs et laissons-les à leur excitation pour faire connaissance avec celle sur qui va s'abattre un sort funeste.

Elle s'appelle Desle la Mansenée. Desle est un prénom courant, celui d'un saint ermite vénéré dans la région, donné aux garçons comme aux filles. Comme toutes les petites gens de son époque, on ne sait pas grand-chose d'elle. Je veux l'imaginer jeune et jolie et la joliesse de sa tournure lui a fait conclure un mariage inespéré : elle vient d'épouser en justes noces un homme aisé, le meunier du village. Son moulin à eau dont la grande roue à aubes tourne quasiment toute l'année lui assure des gains qui suscitent bien des convoitises. Sa table est bien fournie — même si un hiver rigoureux perdure, il a de quoi se mettre sous la dent, et comble de la fortune aux yeux de la plupart des gens du village, il peut même offrir, lorsqu'un colporteur passe, un colifichet à sa femme ! Cette sorcière improvisée satisfait l'abbé qui ne pense plus qu'au moulin.

***

Quand Desle sortit de sa prison, cela faisait des jours et des jours — du moins le croyait-elle — qu'elle n'avait pas vu la lumière du jour. L'émotion qu'elle ressentit fut si grande que des larmes qu'elle ne chercha pas à retenir coulèrent sur ses joues. Les plus physionomistes des habitants d'Anjeux auraient eu du mal à la reconnaître : sa jeunesse, sa fraîcheur, sa joie de vivre s'étaient envolées. Son arrestation avait déclenché un tel état de sidération que ses cheveux avaient blanchi d'un coup. Elle était hâve et amaigrie, on voyait bien que la faim l'avait tourmentée et elle avait perdu la notion du temps.

Les tout premiers jours de son emprisonnement, elle s'était demandé pourquoi. Pourquoi l'avait-on arrêtée ? Elle ne comprenait rien à rien. Elle n'était qu'une toute petite chose, une anonyme parmi les anonymes. Sa vie était modeste et sage. Elle donnait souvent quelque obole aux mendiants et aux chemineaux et venait en aide à ses voisins au grand dam de son mari qui aurait préféré qu'elle consacrât son temps à la maison ou à la surveillance du moulin. Pourquoi elle ? Cette question l'avait longtemps obsédée, puis elle avait renoncé à trouver une réponse. Elle oscillait entre l'éventualité d'une méprise et le désespoir, un désespoir infini et sans remèdes. Et c'est ce qu'attendait, comme un malfaiteur qu'il était, celui qui allait la juger – et la condamner – , l'inquisiteur, venu très vite de Vesoul spécialement pour elle.

Mamert de Froidefont, froid comme une « font », une source, portait bien son nom, et son prénom, celui du fameux saint de glace, lui convenait parfaitement. Son regard énigmatique ne laissait jamais deviner ses pensées ni ses sentiments. On aurait dit qu'il ne faisait pas partie de la race humaine. Comment un être aussi dépourvu d'empathie pouvait seulement comprendre le message de bonté, de charité dont il était censé être un vivant exemple ? Bien sûr Desle ne se posait pas ce genre de question. Quand elle le vit, elle eut peur, une peur venue du fond des âges, elle comprit qu'elle échapperait difficilement au terrible piège qui lui avait été tendu.

Dès qu'il vit la prisonnière, l'inquisiteur se félicita d'avoir été patient. Le procès serait vite expédié et bientôt, il serait de retour dans son prieuré, loin de ces bouseux ignares et puants. Il commença d'une voix suave :
- Comment t'appelles-tu ?
- Je m'appelle Desle la Mansenée.
- Tu portes mal ton nom de baptême. Sais-tu que ton prénom signifie « au service de Dieu » ? Tu es plutôt au service du diable !

Desle comprit alors que ses craintes étaient fondées. Dans son cachot aux murs suintants d'humidité, où le jour se confondait avec la nuit, dans ses moments de désespoir, elle s'était rappelé les histoires que racontaient les vieilles à la veillée, des histoires effrayantes de sorcières, qui, toutes, finissaient sur le bûcher. Elle avait écouté ces récits d'une oreille distraite, comme elle écoutait les sermons du curé à la messe. Tout ce que racontaient ces vieillardes lui semblait bien loin de sa vie de petite fille qui ne pensait qu'à aider sa mère à gagner de quoi manger.

L'abbé continua, haussant la voix :
- Tu es responsable de la mort d'un homme. Henri Vuillemin se serait pendu à cause de toi.

Cette accusation était inattendue. Desle protesta et expliqua :
- Avec sa bosse et ses grosses pattes, il me faisait peur et il me tournait autour en jetant des regards qui ne me plaisaient pas. Quand mon mari n'était pas là, vite il venait et me disait des choses que je n'oserais jamais répéter. Un jour, j'en ai eu assez et je l'ai chassé à coups de balai. J'étais si en colère que je lui ai couru après dans tout le village et tout le monde s'est moqué de lui. C'est vrai que je n'aurais pas dû le courser comme on fait avec une vache échappée pour la faire rentrer. Ce n'était pas très chrétien de ma part et...
- Ce n'est pas tout, l'interrompit le religieux qui se moquait bien des raisons de la jeune femme, ta voisine t'accuse d'avoir empoisonné ses enfants. Ils sont morts après avoir bu un breuvage que tu leur avais préparé.
- C'est faux ! Je leur ai fait boire ce que tout le monde à Anjeux boit quand on est malade : du tilleul dans de l'eau chaude. Ces pauvres petiots, j'ai bien vu qu'ils allaient passer, je voulais juste les soulager. Ils avaient la fièvre et leur gorge était toute bouchée, ils ne pouvaient plus respirer. Leur poitrine toute maigrichonne se soulevait en faisant un de ces bruits. Ils étouffaient ces malheureux petits gars ! Ah ! c'était pas beau que de voir ça !

L'évocation de cette scène n'attira aucune

compassion, le juge poursuivait ses accusations, il éleva juste la voix, marquant sa détermination d'en finir au plus vite :
- Ce n'est pas tout. Nous arrivons au fait le plus grave, celui qui te condamnera à être brûlée vive (et l'inquisiteur insista sur le mot) si tu n'avoues pas tes relations avec le Malin. Tu allais très souvent à la source bleue. Tu y allais plus souvent qu'à la messe. Tu t'y rendais le jour mais on dit que tu y allais aussi la nuit. On dit même que, les jours de sabbat, tu y allais en compagnie du Vuillemin. Avoue que tu l'as poussé à se pendre car il voulait se repentir et te dénoncer. Cette source, tu sais très bien que c'est le domaine du diable. Sa couleur bleue est la marque de Satan.

La source bleue ! C'est vrai qu'elle aimait s'y promener ! Elle contemplait sans jamais se lasser le spectacle de sa surface qui variait du bleu saphir, au bleu turquoise, à l'améthyste parfois, selon la saison ou le moment de la journée. Elle aimait cet endroit, elle ne savait pas au juste pourquoi. Beaucoup au village ne partageaient pas son engouement et pensaient que cette source était maléfique : sa couleur bleue n'était pas ordinaire et aucun poisson ne pouvait vivre dans son eau qui ne se réchauffait jamais, même en pleine canicule.
- Avoue, Desle la Mansenée, que tu allais au sabbat, près de la source bleue, c'était même toi qui menais

la danse. Avoue, sinon...

Desle était si interdite qu'elle demeurait muette. Mamert de Froidefont attendit un court instant puis, dans un grand mouvement de manches, cria :
- Qu'on la soumette à la question.

***

Le terrible juge qui semait la haine partout où il passait n'eut pas à critiquer le décor de la salle des tourments, il le trouva à son goût. Lorsque Desle vit le grand feu dans la cheminée et tous les instruments de torture soigneusement disposés, elle se recroquevilla comme une petite vieille que les ans avaient ratatinée. L'inquisiteur héla le maître des lieux :
- Messire bourrel, apportez les manottes.

Le bourreau ne se le fit pas dire deux fois. Non seulement, il était un homme d'ordre mais il avait une grande conscience professionnelle et tenait à ce que son travail fût bien fait. Il serra les fers qui entouraient les poignets de la malheureuse meunière. Il serra et serra et bientôt la douleur fut telle que Desle s'évanouit.

Elle ne pouvait en supporter davantage. Elle avoua tout. Oui, elle avait participé au sabbat autour de la source bleue, oui, elle avait commerce avec le

diable et jetait des sorts aux habitants d'Anjeux. Oui, oui oui, elle convint de tout et sans même écouter la fin des questions que l'inquisiteur lui posait, elle donnait la réponse souhaitée. Dès lors, Froidefont fit comme s'il se laissait gagner par la miséricorde : elle n'était plus une brebis égarée. Grâce à lui, elle avait rejoint le troupeau des ouailles bien-aimées de leur pasteur. Il reprit sa voix doucereuse :
- Tu as bien fait, Desle la Mansenée, de suivre mes conseils, tu auras droit à ma clémence. Tu es condamnée au bûcher mais j'avertirai le bourreau afin qu'il abrège tes souffrances.

À Luxeuil, on rassembla tous les désœuvrés, les traîne-semelles, les propres à rien du coin. Appâtés par des étrennes inespérées, ils élevèrent rapidement un bûcher qui trôna sur la grand-place, silhouette sinistre qui augurait mal de la Noël qui approchait. Le supplice n'eut pas le succès escompté. Prétextant un froid vif et désobligeant, peu de bourgeois se déplacèrent et les échevins, obligés d'être là, faisaient grise mine. Personne dans la population ne poussa les vociférations, les quolibets d'usage dans ce genre de manifestation. La ville entière et la campagne environnante gardèrent une conduite pleine de dignité qui en disait long sur leur désapprobation.

***

Les Luxoviens essayèrent d'oublier le funeste événement en fêtant Noël avec une gaieté forcée. Beaucoup ne pouvaient s'empêcher de penser à la jeune meunière. Quant à ceux que cet événement avait concernés, avaient-ils eu des remords ? Leur vie avait-elle changé ?

Le mari de Desle s'enfuit en France. Il avait vite compris que l'une des raisons de l'arrestation de sa femme était le moulin. Il partit, emportant une bourse remplie d'écus que son père et son grand-père, hommes prévoyants, avaient économisés au fil des années. Il pleurait son épouse qu'il avait aimée du mieux qu'il pouvait. Retrouverait-il en pays étranger une femme aussi jolie et surtout aussi facile à vivre ? Pour le reste, il s'en arrangerait car il était habile et malin.

Mamert de Froidefont fut chaleureusement félicité par les chanoines, nouveaux propriétaires du moulin. Confortablement installé dans son aimable prieuré, il n'avait qu'un seul tracas mais qui l'occupait grandement. À l'automne, il avait reçu de jeunes pruniers, de ceux qui donnaient des reines-claudes. Allait-il réussir à obtenir, pour les offrir à ses invités, ces nouveaux fruits fabuleux qui portaient le nom de « la bonne reine », épouse de François Ier ? S'il y parvenait il serait le plus heureux des inquisiteurs.

Quant au bailli, la mort de Desle la Mansenée, l'avait ébranlé plus qu'il ne voulait l'admettre. D'abord l'évêque n'avait pas approuvé le choix de la victime. Il aurait préféré une vieille sorcière laide et repoussante, que ses prétendus sortilèges faisaient craindre de la population. Le bailli se méfiait de l'évêque qui était le cadet d'une puissante famille, tandis que lui, représentant d'un souverain lointain, n'était que le fils d'un hobereau désargenté, et il craignait de lui déplaire. Ensuite, il s'était mis à penser (bien que cette pensée l'effrayât au plus haut point) que le vrai suppôt de Satan était l'inquisiteur. Il avait eu maintes preuves de sa cruauté et de son indifférence. Ce redoutable gardien de la foi avait oublié d'envoyer au bourreau la note secrète qui aurait permis à Desle de mourir étranglée plutôt que brûlée vive. Le bailli avait donc payé le bourreau pour qu'il exerçât ce « privilège». Reconnaissant, messire bourrel lui avait vendu à bon prix la corde avec laquelle Henri Vuillemin s'était pendu. La corde d'un pendu, bossu de surcroît, était une panacée qui se négociait à prix d'or. Une très belle affaire en somme et qui, selon lui, récompensait sa bonne action !

Et la source bleue ? Elle est toujours là, telle que l'éternité ne la change pas, toujours aussi bleue et mystérieuse. Allez la voir et ne manquez pas d'avoir une pensée pour Desle la Mansenée.

Certains pensent peut-être que la chasse aux sorcières est révolue. Prenons garde ! elle pourrait réapparaître.

Masques et bergamasques

Elle avait réussi ! Depuis hier soir, à la minuit, elle, Jeanne de La Rochelle, était devenue l'épouse d'Ettore Carafa, cadet d'une branche latérale de cette puissante famille napolitaine. Certes, la cérémonie avait manqué de faste, on aurait pu croire à un mariage clandestin, ne réunissant que deux témoins et un vieux prêtre qui ânonnait les textes sacrés. Il n'empêche, aux yeux des hommes et selon la sainte loi de l'Église, elle était bel et bien mariée ! Pour réussir ce projet longuement mûri : contracter un mariage qui la hisserait à un rang supérieur de la société, elle n'avait pas ménagé ses efforts. Elle avait même fait preuve d'une folle audace, d'une détermination indomptable et – mais elle n'aimait pas trop y penser – à un certain manque de scrupules. Cependant, elle ne regrettait rien, elle avait employé les armes qui étaient à sa disposition. Que de chemin parcouru ! car elle venait de loin, d'un pays ignoré, situé aux confins orientaux du beau royaume de France et la voici à Venise, ville exquise, logée dans un superbe palais, un palazzo idéalement placé au cœur de la cité.

Jeanne, la mine encore délicieusement chiffonnée, sauta du lit nuptial, écarta les rideaux de soie fine comme de la dentelle, qui l'enfermaient comme un écrin (ce n'étaient plus les lourdes courtines marronnasses de laine brute de son enfance) et tira le cordon – en soie, lui aussi – pour appeler « sa » femme de chambre, une charmante jeune fille, polie, discrète, dévouée, que son mari lui avait octroyée. S'approchant de la haute fenêtre, elle vit les eaux miroitantes du Grand Canal que l'aube bien installée avait blanchies. Déjà les jardiniers, venus des îles avoisinantes, menaient d'une main de maître leurs gondoles chargées à ras bords de légumes fraîchement cueillis et hélaient leurs collègues, les marchands de fruits et les bouchers. Elle pouvait entendre les voix chaleureuses, pleines de joie de vivre et les rires de tous ces gens pressés et disposés à ravitailler une société qui ne manquait ni d'appétit, ni d'exigences, ni de belles pièces sonnantes et trébuchantes. Le tintement léger d'une vaisselle de porcelaine annonça une collation raffinée : du pain frais et moelleux, encore chaud du four qu'il venait de quitter, des confitures et un délicieux chocolat crémeux dont elle raffolait. Elle pensa à ses déjeuners de naguère, composés de caillé plus ou moins aigre et de pain le plus souvent rassis et cette évocation lui rappela son enfance.

Jeanne était la fille aînée d'un modeste seigneur qui, dans son château délabré, menait presque la même vie que ses paysans, pour la plupart fort pauvres. Il ne possédait que quelques métairies et les fermiers à son service cultivaient un peu de blé, de l'avoine, de l'orge et élevaient des vaches, des ânes, parfois un cheval ou deux. En abondance, ils n'avaient que des enfants, et encore ! Ils mouraient souvent avant d'avoir pu rembourser par leur travail, la nourriture qu'ils avaient coûtée. Les cochons que l'on tuait à la fin de l'automne et mettait au saloir, deux vignes, qui produisaient une horrible piquette et le gibier de ses forêts permettaient d'améliorer un ordinaire indigne de son rang. N'était-il pas issu d'un très ancien lignage ? Un de ses lointains ancêtres n'était-il pas le parrain de Jacques de Molay, le dernier grand maître des Templiers ? Certes, le père de Jeanne ne transigeait pas sur ses quartiers de noblesse et méprisait ouvertement ces nouveaux petits marquis et autres comtes nés « de mariages de la main gauche » et cette attitude hautaine lui valait bien des inimitiés à des lieues à la ronde. On le surnommait Hugues l'Orgueilleux et on riait sous cape de cette fierté qui n'était plus de saison. Comme disaient certains bourgeois de la contrée, qui commençaient à s'enrichir et à montrer une audace toute neuve : « Autres temps, autres mœurs ». Tout en aimant et respectant son père, Jeanne n'approuvait pas cette vision d'un monde qui lui paraissait, plus ou moins confusément, agonisant, pour ne pas dire

défunt. Comment elle, qui venait de fêter son douzième anniversaire, s'en était-elle aperçue ? Hé bien parce que la mort prématurée de sa mère et les conditions d'une vie rude et dépourvue d'attraits lui avaient fait acquérir une maturité précoce qu'elle dissimulait devant les adultes sous un mutisme tenace. En apparence, elle n'était qu'une sauvageonne qui partageait les jeux des enfants du village. Elle suivait partout son frère, d'un an son cadet et tous deux revenaient, le soir, crottés des pieds à la tête, fleurant bon la bouse de vache et le fumier qui s'élevait en tas devant chaque masure. Elle entendait encore les remarques de la cuisinière qui lui servait de gouvernante :
- C'est-y Dieu possible, mademoiselle Jeanne, de revenir ainsi gaupée, la seule robe que vous ayez est toute déchirée ! Avec quoi allez-vous aller dans le monde pour trouver un mari ? Sainte Vierge, vous vous conduisez comme un garçon et votre pauvre père aura fort à faire pour dénicher un promis qui lui convienne, car dame ! il ne badine pas avec les titres et tout le tralala.

Jeanne sourit à l'évocation des paroles empreintes d'une feinte colère de sa bonne nourrice qu'elle ne reverrait sans doute jamais. Mais elle n'était pas qu'une fille intrépide, ne pensant qu'à trouer ses habits et crotter des bottes déjà bien usées, elle savait interpréter les remarques de son

entourage. Elle se rappelait avoir rencontré les enfants d'un gros marchand de drap et ceux, tout aussi arrogants, des mercantis du coin. Ils la prenaient de haut et pour la faire enrager, ils racontaient leur vie, choisissant des détails qui se voulaient anodins :
- L'autre dimanche, nous avons mangé des huîtres, du poisson de mer, goûté des limons et des oranges et bu du café ! C'était un de ces festins, ce n'est pas comme chez certains, où l'on « se croit » alors que l'on se contente de gruau et de pain noir.
- C'est vrai ce que tu dis là. Comme dit mon père, certains dans le coin pètent plus haut que le trou alors que tout le monde sait qu'ils n'ont pour ainsi dire pas un sou vaillant.

Et Jeanne entendait encore leurs rires qu'ils forçaient afin qu'ils durent plus longtemps. Elle se revoyait rougissant malgré elle, tandis que son frère, qui redoutait d'être mis de côté par ces garçons sûrs d'eux, riait plus fort que les autres.

Tous ces souvenirs la ramenaient à son père. Elle revoyait sa haute stature qui se découpait devant le feu de la haute et unique cheminée du « château », terme qu'elle jugeait mal choisi maintenant qu'elle connaissait le monde. Son père, elle l'aimait vraiment et elle s'attristait souvent à la pensée qu'elle risquait de ne jamais le revoir...

Hugues de La Rochelle était sans doute un

homme du vieux monde, obsédé par son antique noblesse mais il ne se doutait pas qu'en tenant absolument à donner une éducation à son fils – et surtout à sa fille – il se comportait en homme de progrès. Pour épargner le coût d'une pension, il avait embauché un vieux curé qui, voyant ses vieux jours assurés, s'était contenté du gîte et du couvert, sans gages supplémentaires. Pour économiser le séjour de sa fille dans un couvent (il disait qu'il ne voulait pas engraisser des nonnes à l'esprit étroit et fort avaricieuses), il lui avait demandé de suivre les cours de son frère. Et Jeanne, aux anges, avait accepté et tiré le plus grand profit du savoir de ce précepteur mal dégrossi. L'avenir de son fils qui pourrait rejoindre l'armée du roi paraissait assuré mais celui de Jeanne ? L'enfermer dans un couvent était une idée qui l'affligeait, il avait pressenti que sa fille, pleine de vie et de ressource n'était pas destinée à la vie retirée et stérile d'un cloître. Il devait la marier, mais les partis convenables étaient rares. Il devait trouver une solution.

« Pauvre père, pensait Jeanne, que de tracas je lui ai causés ! »

Et le Destin, mine de rien, s'en mêla. Un beau jour d'automne, Hugues reçut un courrier de Diane de Pisseloup qui l'invitait à une grande chasse qu'elle organisait pour tous ses amis. Tous deux partageaient un goût immodéré pour cette activité digne d'eux et de leurs ancêtres.

« Je sais ce qui me reste à faire, je vais emmener mes deux enfants avec moi et là-bas, je trouverai bien le moyen de caser Jeanne. »

Et les voilà en route tous les trois vers le beau château de la comtesse Diane, la bien-nommée.

Diane de Pisseloup, la bien nommée, c'était vite dit. Elle ne ressemblait pas à l'image que laissait présager le divin prénom qu'elle partageait avec la chaste déesse des Romains. Elle était à l'exact opposé des canons de la bienséance qui voulaient qu'une femme bien née fût l'incarnation d'une perpétuelle discrétion. Hommasse et courtaude, des cheveux mal coiffés, d'un roux bien rouge, assorti à son teint, la comtesse était habillée à la diable et ses paroles tonitruantes s'accompagnaient toujours de grands gestes. Elle pétunait en public, levait volontiers le coude, fréquentait plus volontiers ses métayers et ses valets que ses pairs poudrés et gourmés. Sa grande richesse lui permettait de se conduire selon son bon plaisir et on racontait qu'elle rencontrait aussi ses domestiques ailleurs qu'à sa table – toujours opulente, à vrai dire.

Quand Jeanne arriva au château, elle regarda de tous ses yeux ce qui s'offrait à sa vue. Un imposant et majestueux portail s'ouvrait sur une allée rectiligne bordée de tilleuls dorés par l'automne et de

hêtres pourpres, qui menait à la cour d'honneur. Deux tours semi-circulaires et une grosse tour (Jeanne apprendrait qu'elle s'appelait la tour d'Amour), témoignant d'un passé guerrier, agrémentaient des bâtiments en U, d'un style classique, un peu austère. Le château, bien entretenu dominait la Saône languide et paresseuse à son accoutumée. Les yeux ronds de Jeanne qui s'extasiait devant un monde d'une prospérité insoupçonnée rencontrèrent le nez tordu et la mine renfrognée de la comtesse qui ne put réprimer un geste de réprobation. Elle toisa Jeanne d'une voix qui ne souffrait pas la contradiction :
- Quelle est cette tenue ? Grands dieux ! vous avez emprunté les culottes, en très mauvais état au demeurant, d'un valet de votre père ? Je ne veux pas de ça chez moi ! Nous allons y remédier.

Jeanne, qui avait emprunté les hauts-de-chausses ravaudés de son frère, comprit qu'une tentative d'explication était inutile. Prétendre que, pour voyager à cheval, une tenue masculine était plus décente et plus commode qu'une robe serait parfaitement inutile. Le rouge au front, elle n'avouerait jamais qu'elle n'avait aucune tenue digne de la comtesse et de son beau château. Ah ! elle n'oublierait pas de sitôt cette rencontre humiliante et qui avait confirmé ce qu'elle avait deviné : elle ne manquait pas de quartiers de noblesse mais une simple robe lui manquait. Elle se promit de tout faire pour ne plus ressentir pareille honte.

Pourtant, Jeanne, ce même soir, fit une autre rencontre importante en la personne de Rosita. Cette toute jeune Italienne était venue dans les bagages du garde-chasse que la comtesse venait d'embaucher. Elle était vive, joyeuse comme un pinson, riant et chantant à longueur de journée. C'était une lueur mariée à la pénombre car le passé de son époux secret et taiseux demeurait obscur. Certains, bien informés, disaient qu'il avait été contrebandier, d'autres, mieux informés encore, déclaraient que c'était un espion au service du roi ou des Habsbourg. D'autres, encore plus péremptoires, affirmaient qu'il travaillait pour le roi de Prusse. Toutes ces rumeurs grandissantes ne gênaient pas Diane de Pisseloup qui se félicitait d'avoir des serviteurs aussi zélés que discrets. Le mari arpentait les bois, épiant les braconniers tandis que Rosita, aux doigts de fée, taillait et cousait à la perfection et cuisinait de même. Une vraie perle qui, en deux temps, trois mouvements équiperait Jeanne d'une garde-robe décente.

La chasse fut fort belle et fort bien ordonnée. Diane, très contente d'avoir été fêtée comme une déesse, songea qu'elle méritait bien un cadeau de la part de ses amis et son choix s'arrêta sur le charme naissant et nouveau pour elle de Jeanne. La comtesse

s'ennuyait souvent, elle avait besoin de changement et de jeunesse. La veille du départ, elle entretint son vieil ami :
- J'aimerais garder Jeanne auprès de moi, je vous promets de veiller sur elle et de parfaire son éducation. Le moment venu, je lui trouverai un bon mari.
- Tope-là », répondit Hugues de La Rochelle, oubliant son quant-à-soi.

Il n'en espérait pas tant.

Sur le chemin qui le ramenait à son château tombant en ruine, il s'ébroua comme un jeune animal, soudain débarrassé d'un poids qui gâchait sa vie et prit à témoin sa vieille jument :
- J'ai eu une riche idée d'emmener Jeanne, la voilà sauvée ! Bien sûr, je ne la verrai peut-être plus jamais, mais c'est la vie ! ».

Et il chassa vite cette pensée qui l'attristait plus qu'il n'aurait su le dire...

Dans le palazzo au bord du Grand Canal, l'arrivée de la femme de chambre tira Jeanne de sa rêverie. Il était grand temps pour elle de s'habiller. Elle eut du mal à choisir la robe qui, pour le lendemain de ses noces, lui siérait le mieux, elle avait envie de plaire, c'est sûr, et faire honneur à son mari. Au fait, où était-il ? Pourquoi n'était-il pas à ses côtés pour ce qui était pour elle une entrée dans le monde ? Mais toute une cohorte de soubrettes bien décidées à la distraire l'empêcha de se laisser aller à la mélancolie. Elle fut enfin prête et quand elle se regarda dans sa psyché, elle se demanda si sa tenue, toute de velours brillant, n'était pas la robe de lune de Peau d'âne. Les servantes, heureuses d'avoir une maîtresse de leur âge, ne cessaient pas de se taquiner et leur voix, leur accent chantant lui rappelèrent Rosita. Ah ! Rosita, sa seule amie. Quand Jeanne fut obligée de quitter Ray-les-Ménétriers, le ventre de son amie s'arrondissait doucement, elle n'était plus la jeune personne primesautière et vif-argent qui l'avait séduite. La future maternité de Rosita rendit leur séparation plus facile.

« Peut-être, se dit Jeanne, a-t-elle déjà un autre enfant, le temps passe si vite. Je suis sûre qu'elle est heureuse car elle a de grandes dispositions pour le bonheur. »

Jeanne se rassurait comme elle pouvait, elle ne pouvait imaginer une Rosita malheureuse ou simplement triste ! Elle se promit de lui écrire pour lui annoncer son mariage.

Et soudain l'atmosphère du petit salon où se tenait Jeanne changea. Ettore était là, prévenant et amoureux. Jeanne n'eut pas le temps de poser la moindre question.

- Ma mie, vous êtes belle comme un cœur et cette

robe vous va à la perfection, il n'y a pas de doute. La journée s'annonce douce, propice à la promenade. Nous devrions aller saluer mon oncle le cardinal. Il possède une petite villa, à quelques lieues d'ici, au bord de la Brenta.

Un silence inattendu s'était installé dans la voiture qui les emmenait. Ettore semblait soucieux. Pour donner le change, il proposa à Jeanne de lui parler de son enfance. Elle ne se fit pas prier, elle avait trop envie de fixer ses souvenirs dans sa mémoire et de savourer une fois de plus certains d'entre eux mais cette fois, non avec des pensées mais avec des mots, les siens, ceux qui remonteraient du fond de son enfance. Par pudeur et pour ne pas écorner son image, elle passa très rapidement sur sa prime enfance à La Rochelle. Ettore qui avait toujours connu le bien-être et la vie facile n'aurait pas compris. Mais elle décrivit par le menu son séjour à Ray-les-Ménétriers :

- Ce sont mes plus beaux souvenirs. Dans le château de la comtesse qui avait accepté de m'accueillir, notre vie était guidée par les saisons. L'hiver, quand il pleuvait ou quand il neigeait, vous savez, mon ami, la neige peut être épaisse de plus d'une coudée !, nous restions bien au chaud devant la cheminée. Comme la comtesse était riche – moins que vous et votre famille, bien sûr – elle ne ménageait pas les bougies et il m'était agréable de lire des contes, des romans, de feuilleter des ouvrages de botanique. J'eus vite remarqué que la comtesse aimait à parler de ses ancêtres. Elle était intarissable au sujet d'un certain Othon, parti faire la croisade et revenu avec un morceau de la vraie croix et le titre de duc d'Athènes. Elle aimait aussi à faire connaître ses alliances, surtout quand elles étaient prestigieuses, elle se rengorgeait en évoquant le lien qui unissait la famille de sa mère avec les Choiseul que vous connaissez sans doute. Elle m'emmenait partout, me montrait, fière d'elle plus que de moi, j'étais la preuve vivante de sa générosité. Elle m'offrait des babioles, des brimborions, à condition que je reste à ma place. Nos relations s'altérèrent avec la venue de l'été. Rosita occupait de plus plus de place dans ma vie et la comtesse en prit ombrage.

Jeanne fit alors le portrait détaillé de Rosita alors qu'elle avait tu la personnalité grotesque de Diane de Pisseloup. Pourquoi cette réticence ? Elle ne voulait pas effaroucher un époux qu'elle ne connaissait pas vraiment en dévoilant un esprit critique, presque caustique, s'exerçant, qui plus est, sur une personne de noble ascendance.
- Avec Rosita, la vie était gaie, nous allions partout dans le village, les prés, les bois. Mais nos meilleurs moments se passaient au bord de la Saône ou en barque, à pêcher. Les tenanciers de la comtesse qui

habitaient dans des maisonnettes au pied du château m'apprirent à connaître leur vie faite de joies simples et de menus plaisirs. Rosita, elle, m'apprenait l'italien, du moins celui qu'on parle en Lombardie. Si la comtesse aimait à étaler sa généalogie, Rosita ne cessait d'évoquer le lac de Côme, ses oliviers et ses cyprès, ses montagnes couvertes de hêtres et de mélèzes et ses petits villages colorés. Alors, pourquoi avait-elle quitté ce pays où il faisait si bon vivre ? je n'ai jamais osé le lui demander.

Et Jeanne, que les secrets de Rosita rendaient pensive, arrêta son récit. Elle ne dit pas que Rosita lui avait appris à coudre et à cuisiner. Une future signora Carafa, les mains dans la farine, fut-ce pour faire la pasta, quelle extravagance ! Elle ne dit pas non plus les refus successifs qu'elle opposa aux prétendants que lui proposait la comtesse. Malgré son entregent indéniable, elle ne lui présentait que des vieux hobereaux irascibles, des veufs pourvus d'une nuée d'enfants ou des jeunes gens contrefaits ou imbéciles. À croire qu'elle le faisait exprès ! Diane qui, dans son for intérieur, reconnaissait qu'elle aurait réagi comme celle qu'elle ne considérait plus comme sa pupille, ne montra aucune amertume et ne fit aucun reproche. Elle cherchait une solution quand, une fois de plus, le Destin s'en mêla. La comtesse et Jeanne de La Rochelle se quittèrent sans regret, satisfaites toutes deux de la solution opportunément trouvée. Il faut dire que cette solution avait un nom magique : Paris.

***

Dans la villa de l'oncle cardinal, la vie s'écoulait agréablement. Après les folies du carnaval qui, comme d'habitude, avait perduré, le calme du printemps finissant était un délice. Jeanne, dont la sensibilité s'était aiguisée, appréciait le luxe de la villa et la beauté du parc qui l'entourait, elle aimait à respirer les parfums capiteux, presque voluptueux, des fleurs tropicales qu'une armée de jardiniers cajolaient dans de grandes serres. Mais elle ne se sentait pas à l'aise devant ce prélat gros et gras qui, sans retenue, la dévisageait. Il avait des manières de vieille chattemite et lui faisait penser au matou fourré de la comtesse. Quand il parlait – et sa faconde était connue – ses petites mains grassouillettes et moites virevoltaient comme si elles étaient douées d'une vie propre, indépendantes de son corps massif. Et comme le séjour se prolongeait, Jeanne finit par s'ennuyer. Dans la journée, son époux ne faisait que de brèves apparitions. En revanche, il recevait de nombreuses visites. Des hommes de tous âges, pressés, la mine circonspecte, se succédaient dans son cabinet. Ils la saluaient tous avec respect même si certains lui décochaient un petit sourire narquois. Jeanne aurait aimé retourner à

Venise, elle avait à peine goûté à ses divertissements et voulait aller au bal, au théâtre, à l'opéra. Quand elle fit part de ses désirs, Ettore lui répondit gentiment mais fermement :
- Ne m'aviez-vous pas dit, ma mie, que vous vouliez écrire à votre Rosita ? Vous pourriez aussi envoyer quelques nouvelles à votre père qui doit s'inquiéter. Je vais faire parvenir tout ce qu'il faut pour écrire à ma très chère épouse dont les souhaits sont des ordres.

Et avant qu'elle eût pu répondre quoi que ce soit à ce qu'elle pensait être un trait d'humour napolitain, Jeanne se retrouva seule, face à une feuille blanche.

« Que vais-je dire à mon père ou plutôt que vais-je taire ? Mieux vaut ne pas évoquer la jalousie de la comtesse et sa ferme volonté de se débarrasser de moi. Je ne veux pas ternir la belle amitié qui la lie à mon père qui, bien qu'il ne le veuille pas le reconnaître, souffre de solitude. De toute façon, elle lui aura raconté sa version des faits et comme toujours, se sera accordé le beau rôle : celui d'une personne généreuse qui prend soin d'une fille sans fortune mais non pas sans mérite. »

Après quelques soupirs, pour s'occuper et pour ne pas déplaire, Jeanne écrivit.

Très cher père,

Par cette présente, je vous mande la nouvelle la plus incroyable, la plus inouïe, la plus folle, la plus merveilleuse que vous puissiez imaginer. J'ai épousé en justes noces Ettore Carafa, de la famille Carafa de Naples, que vous connaissez sans doute, vous qui savez la généalogie de toutes les grandes familles d'Europe. Je suis à Venise où je rencontrai mon mari. Et vous qui me croyiez à Paris ! Pour que vous soyez bien au fait des événements, je vais commencer par le commencement.

La comtesse dont le dévouement et la générosité furent sans faille – et je ne la remercierai jamais assez – conçut le projet de me trouver une situation digne de ma condition. Elle me présenta à un sien parent, le baron Othon de Gondrecourt, installé à Paris. Il cherchait une demoiselle bien née pour tenir compagnie à sa fille unique Angélique, à peine plus âgée que moi. C'est ainsi, très cher père, que je me retrouvai à Paris.

Là, ma vie fut intéressante et des plus agréables. Je fréquentai quelques fois la Cour. Le spectacle des courtisans vous aurait amusé, vous qui détestez les flatteries et les courbettes, mais ne vous aurait pas surpris. J'eus même l'occasion de voir la Reine lorsque Melle de Gondrecourt lui fut présentée. Elle me parut bien triste et ne manifesta de réel *intérêt que pour son confesseur. Je ne suis pas sûre que cette visite vous eût plu. Les dames d'honneur, debout, se pressent, se bousculent, se toisent autour de Sa Majesté tandis que les seules duchesses, assises sur un minuscule tabouret, se pavanent derrière leur éventail. Lors du bal masqué donné en l'honneur du mariage du Dauphin, j'eus la chance d'entrapercevoir le Roi. Il me parut triste lui aussi. Pourtant il est de belle prestance, de haute taille et d'agréable visage. On dit qu'il ne se remet pas de la mort de sa maîtresse, Mme de Châteauroux. Je vis aussi ce soir-là, une belle personne, avenante et pleine de charme. Sa robe de brocart rose et blanc mettait en valeur la pâleur de son teint et sa taille bien tournée. Elle se déplaçait d'une manière si légère qu'on eût dit qu'elle dansait. Je dois avouer, cher père, que cette Mme d'Étiolles (quelques mois plus tard, devenue marquise de Pompadour, elle mettrait sens dessus dessous et la Cour et Paris) ne laissa pas de me donner longtemps à penser. Comme vous pouvez l'imaginer, je mis à profit ce bref séjour à Paris pour apprendre « les bonnes manières » qui sont de mise à la Cour. Quand M. de Gondrecourt fut appelé par l'ambassadeur de Sa Majesté à Venise, ce fut avec enthousiasme que je le suivis, lui et sa fille. Me voilà donc à Venise et pourvue d'un jeune et riche mari. Ne dirait donc pas que la fortune me sourit ? Vous pouvez à présent « dormir* *sur vos deux oreilles »*, comme on dit au pays.

Je reste, très cher père, votre fille aimante,

Jeanne

Le lendemain, Jeanne qui avait pris goût à l'écriture envoya une tout autre lettre à sa chère Rosita.

Mon amie,

Comment vas-tu ma Rosita, ma seule amie ? Ta famille s'est-elle agrandie ? Mènes-tu toujours ton mari par le bout du nez ? Avons-nous assez ri de cette situation !
Avant tout, je veux te dire que les trois années que nous avons passées ensemble sont les plus heureuses de ma vie. Bien sûr, la fin de mon séjour au château fut assombrie par la jalousie grandissante de la comtesse qui la rendait de plus en plus acariâtre et revêche. Je dois aussi t'avouer que je regrette de t'avoir quittée sans regret. Je me persuadai que, comme tu allais être mère, tu m'oublierais bien vite. La vie m'a appris que cette façon de penser était fausse : ton cœur est assez grand pour abriter ton amitié pour moi et ton amour

pour ton enfant. Pardonne-moi, Rosita, si j'ai négligé de t'écrire, je n'avais pas le courage et l'envie de le faire. À présent, j'ai retrouvé le goût du bonheur. Me voici, moi aussi, pourvue d'un mari et je suis heureuse d'avoir quitté cette abominable Angélique ! (Rappelle-toi, tu l'as vue au château, quand elle est venue avec son père, ce fameux Othon de Gondrecourt, qui, sous prétexte que nous vivions en province et lui à Paris, nous prenait pour des demeurés !). Mais j'entends ton impatience, c'est de Paris que tu veux entendre parler. Eh ! bien soit, je m'exécute !

Si je suis partie, débordant d'enthousiasme, croyant conquérir Paris, j'ai vite déchanté. Et cette rapide déconvenue je la dois à Melle de Gondrecourt qui, bien qu'elle s'appelle Angélique, n'a rien d'un ange Elle ne s'est jamais vu refuser quoi que ce soit et passe son temps à s'empiffrer de dragées et de massepains, allongée sur le sofa du boudoir de sa mère. Quant à son regard, celui des vaches de la ferme du château, que nous nous amusions parfois à traire, est plus expressif. Ne conclus pas trop rapidement à sa bienveillance. Elle est perverse et pratique l'humiliation avec l'art consommé d'une vieille rouée, rompue à toutes les manigances de la Cour. Me rabaisser, puis constater avec un plaisir non dissimulé que je luttais vaillamment pour retenir mes larmes était son passe-temps préféré.

Souvent des jeunes gens et des jeunes filles de ses amis venaient la visiter. Tandis que sa femme de chambre s'escrimait à coiffer ses cheveux filasse et rétifs, elle m'obligeait à dissimuler ma longue chevelure sous une vieille perruque mitée qui m'enlaidissait et refusait que je revêtisse une robe que sa mère avait fait faire pour moi. Une de ses vieilles hardes complètement démodées était ce qui convenait à une demoiselle de compagnie sans recommandation ni soutien. Plus d'une fois je faillis me laisser submerger par la colère. Heureusement, j'appris, en m'obligeant à des efforts constants, à me dominer et attendis mon heure.

Je crois qu'il est temps que j'achève ma lettre. Le devoir m'appelle. Il faut que je m'apprête pour le dîner donné en l'honneur de mon époux. Son oncle, le cardinal a réuni une société influente et je dois faire bonne figure à toute une coterie de vieilles bigotes fardées de rouge et de céruse, qui n'osent pas sourire car elles n'ont plus de dents, et à une cohorte de vieux beaux (Mme de Gondrecourt, qui se targue de parler le beau langage, les appelle des roquentins). Sois sans crainte, je te raconterai ma rencontre avec Ettore, mon mari inespéré.

Ton amie Jeanne

Elle sabla sa lettre pour en assécher l'encre et la remit au premier valet de son mari.

« Comment s'appelle-t-il déjà ? Ah ! oui, Eusebio, quel nom curieux ! Et il suit Ettore comme son ombre ! »

La lettre à peine confiée au fameux Eusebio fut remise à Ettore qui l'ouvrit avec précaution.

- Quelle maligne, cette Jeanne ! Elle sait ce qu'il faut écrire à ses correspondants et ce qu'il est plus sage de leur cacher. Je crois, Eusebio, que j'ai bien fait de l'épouser. Elle saura m'aider à retrouver ma place auprès du roi et si je réussis, je pourrai réaliser mon rêve : achever le palazzo de Donn'Anna Carafa, laissé à l'abandon depuis des années.

- Méfie-toi de l'hubris. Tu n'ignores pas que les dieux ne pardonnent jamais un tel sentiment d'orgueil démesuré, répondit Eusebio qui avait des lettres.

Quand, après le dîner, Jeanne se préparait à regagner ses appartements, elle fut bien déçue de constater qu'Ettore ne la suivait pas. Quelle en était la raison ? Était-il déjà las de leur mariage ? Avait-elle déjà perdu tout son charme et l'inclination qu'il avait pour elle était-elle en train de disparaître ?

- Vous avez l'air préoccupé. Que se passe-t-il, mon ami ? Vous pouvez vous confier, ne suis-je pas votre épouse ?

- Il est certain, Madame, que j'ai confiance en vous,

répondit-il du ton le plus solennel qu'elle eût jamais entendu. Mais demain, je me lève aux aurores pour prendre ma leçon d'escrime avec Eusebio, le meilleur des maîtres de Venise. Il est capable d'occire tous les gentilshommes de la Sérénissime !
- Une leçon d'escrime ! Hier et avant-hier, vous me dîtes la même chose. Ne songez-vous qu'à vous battre ?
- Et vous, si vous songez à écrire, n'oubliez pas de remettre votre lettre à Eusebio. C'est lui qui a la haute main sur tout mon courrier et... même sur celui du cardinal !

Et il s'éloigna avec un sourire – un peu moqueur, lui sembla-t-il.

Seule dans son grand lit matrimonial, elle ne voulut pas se laisser aller à la mélancolie, mais elle devait bien reconnaître qu'elle craignait de perdre son bel époux tout neuf. S'était-elle montrée assez intéressée par les jeux de l'amour ? Il faudrait qu'elle se renseigne auprès de sa femme de chambre qui semblait avoir une grande science dans ce domaine. Et puis, il y avait Eusebio, toujours lui. Serait-elle jalouse ?

Le lendemain, plutôt que de s'ennuyer, elle reprit sa fonction d'épistolière.

Ma Rosita,

Tu sais que je n'ai qu'une parole, et me voici face au dernier cadeau de mon mari, une écritoire.

Venise offre à ceux qui la fréquentent tout ce qu'il faut pour s'amuser sans jamais prendre de repos. Les bals, les spectacles au théâtre, à l'opéra, se succèdent. Et crois-moi, j'en profitai, tandis que Mme de Gondrecourt, qui se devait à ses devoirs de mère, s'attachait à trouver un époux à sa mollassonne de fille. Lourde tâche ! Elle exhibait partout Angélique et son regard de poisson mort, organisait sans désemparer force dîners. La plupart des jeunes gens s'y rendaient, attirés par les talents du cuisinier et la qualité de certains vins de Bourgogne apportés de France à grands frais. Dame ! pour caser Angélique, on ne lésinait pas.

Un soir, un jeune homme bien fait, d'une élégance raffinée et qui de surcroît parlait français, arriva. S'il ne me vit pas pas dans ma robe grise et mal taillée, moi, je le vis. J'étais sûre de ne pas oublier ses yeux d'un noir profond, brillants d'intelligence et de malice, sa silhouette, sa manière de se tenir et son aisance quand il dansait. Ce dîner et ce bal furent une victoire pour Mme de Gondrecourt : Angélique était invitée à la *mascarade qui ouvrait le carnaval ! Chère Rosita, une folle rage que je devais dissimiler s'empara de moi. Un tel laideron invité, et moi, évitée. Il fallait que j'agisse, une telle opportunité ne se présenterait pas deux fois...*

Avec l'argent que m'avait donné la comtesse, j'achetai du tissu dans lequel je taillai une robe que je cousis dans le plus grand secret. Mille mercis, mon amie, de m'avoir appris la couture ! C'était une simple robe en dentelle blanche, mais elle m'allait à ravir. Je me rappelai le loup blanc bordé de perles que portait Mme de Pompadour au mariage du dauphin. Un tel masque coûtait une fortune, néanmoins, je trouvai un loup blanc orné de pierres multicolores. Il n'était pas du meilleur goût mais on le remarquerait assurément et c'est ce que je désirais. Un troisième achat s'imposait qui faisait appel aux quelques connaissances botaniques que je devais à la comtesse et à ses herbiers. J'achetai donc chez un obscur herboriste éloigné de l'hôtel particulier des Gondrecourt, de la bourdaine, un peu de séné et une pincée de romarin. Il ne me restait plus qu'à attendre le grand bal du carnaval.

Et toi, Rosita, tu dois attendre ma prochaine lettre... mais c'est une promesse que je te fais et tu sais que je n'ai qu'une parole !

Jeanne Carafa, marquise de Montepulciano

C'est ainsi que je m'appelle à présent. Quel nez ferait la comtesse, Diane de Pisseloup, si elle savait ! Son nom ne saurait rivaliser avec le mien !

Les jours suivants, Jeanne fut accaparée par le cardinal qui semblait en service commandé. Il lui montra par le menu tous les trésors qu'il avait accumulés au cours de sa longue et fructueuse carrière ecclésiastique : tableaux de grands maîtres de la Renaissance, incunables précieux, cartes maritimes rares et richement ornées de monstres crachant et bondissant hors des vagues. Sans parler d'un nombre incalculable d'objets religieux de prestige. Face à un tel déploiement de faste, Jeanne ne put s'empêcher de penser à la petite église, humble et pauvrement décorée de son enfance. L'oncle ne cessait d'observer cette nièce qui lui semblait un dernier présent du Ciel et, prétextant tel ou tel menu détail à ne pas manquer, s'arrangeait pour la serrer de près. Jeanne s'éloignait, prenait soin de maintenir une distance certaine, inventant sans le savoir ce que, quelques siècles plus tard, on appellerait « les gestes barrières ». Ettore – au désespoir de Jeanne – était toujours aussi peu présent. Un vrai feu follet ! Elle essaya en vain de se renseigner auprès de cet oncle qui paraissait se soucier d'elle. Il lui consacrait un temps si précieux !

Mais le cardinal, qui se disait dur d'oreille, n'entendit pas la question. Et Jeanne, déçue, s'en retourna à son écritoire.

Je reviens à toi, chère Rosita. Je te connais bien, tu attends la suite des événements qui ont changé ma vie. Mais, dégourdie comme tu l'es, je suis sûre que tu as déjà deviné ce que j'ai fait. Toi seule me comprends et sais que je n'avais pas le choix.

Le jour du carnaval, je préparai, comme je le faisais souvent (cela amusait fort Angélique de me transformer en soubrette), le chocolat matinal de la donzelle. J'y ajoutai une bonne dose de la décoction, soigneusement préparée la veille et dans laquelle avaient macéré de la bourdaine, du romarin et du séné qui est, souviens-toi, le remède souverain de Diane, l'ineffable comtesse. Je ne ménageai pas le sucre ! Dans l'après-midi, les douleurs de ventre tant attendues se déclarèrent avec une telle violence qu'Angélique ne pouvait quitter la chaise percée. Quand les parents, navrés de ce fâcheux contretemps, furent partis au bal, contraints de laisser leur délicieuse fille en proie à des douleurs sans nom, je déclarai être malade, moi aussi, et me retirai dans ma chambre.

Vite, j'enfile ma robe, mets mon masque, chausse des escarpins que j'ai trouvés dans une *malle de M ^{me} de Gondrecourt, acquiesce à l'image que me renvoie la psyché du cabinet de toilette. Avec les dernières pièces qui me restent, je soudoie un des gardes de l'entrée et je suis enfin où je veux et dois être.*

Ah ! Rosita, si tu avais vu tous ces beaux costumes ! Que de couleurs ! Et la musique, et les rires, et les danses ! La tête me tournait. Un groupe semblait mener le bal, celui des personnages de la commedia dell'arte. Je les reconnus. C'étaient les mêmes que ceux qu'Angélique et moi avions plaisir à voir sur le Pont-Neuf à Paris. Nous ne nous en lassions pas. On ne comprenait pas les dialogues mais leurs grimaces et leurs cabrioles toujours renouvelées nous faisaient rire. Pantalon, à la culotte rouge moulante, par des gestes explicites, attirait les regards de toutes les belles dames sur sa volumineuse braguette. Polichinelle, tout de blanc vêtu, promenait son masque crochu, sa bosse à l'arrière et son gros ventre tombant à l'avant. Arlequin attira mon attention : il était si joyeux, si plein de vie. C'est lui qui menait la bergamasque. Je fus étonnée qu'on dansât dans ce décor magnifique cette ronde que dansent les paysans avec leurs payses. Mais c'était carnaval et à carnaval, tout est permis ! La ronde folle menait grand train, Arlequin chantait, accompagné d'un joueur de luth costumé en page du Moyen Âge. Et tous sans se lasser, de reprendre le refrain. Je sus tout de suite qui avait revêtu le costume bigarré d'Arlequin : le jeune homme que les Gondrecourt considéraient comme le futur époux d'Angélique. Pour me donner du courage, je m'exhortai :

« À toi de jouer, ma vieille, tu n'as pas le droit à l'erreur ! »

Quand Arlequin me vit avec ma robe blanche :

« Tiens, voilà ma promise, la douce Colombine ! »

Et c'est ainsi, Rosita, que je rencontrai mon époux. Un vrai roman comme ceux que, pour te plaire, t'achetait ton mari et que nous lisions en cachette de la comtesse qui les abhorrait. Quand Ettore Carafa déclara solennellement qu'il voulait m'épouser, ce fut un scandale inouï. Monsieur l'ambassadeur lui-même s'en mêla et s'entremit : un jeune homme d'une famille si illustre devait renoncer à un projet aussi insensé. En vain. Les Gondrecourt dévoilèrent alors leur vrai visage et s'abandonnèrent à une haine que la bienséance ne retenait plus. Je me retrouvai séquestrée dans un coin obscur de l'ambassade, ignoré de tous. Mais que peuvent les barreaux d'une prison contre le feu de l'amour ? Ettore qui connaissait la Venise des hommes de main eut vite fait de me délivrer. Le soir de nos retrouvailles, à la lueur de flambeaux, dans

une église de campagne, nous étions mariés.
Cette lettre est le témoignage d'une affection que rien, jamais, ne démentira et je te promets de t'en écrire bien d'autres.
Jeanne

Alors qu'elle était loin de se douter que cette lettre était la dernière qu'elle écrivait à sa tendre amie, Jeanne se laissa aller au plaisir de revivre sa rencontre avec Ettore, qu'elle considérait comme la première d'une série de victoires qu'elle remporterait contre son destin de fille forcément condamnée à une vie médiocre, sans rapport avec toute l'ardeur et la force qu'elle sentait en elle. Tous les détails délicieux et inoubliables de cette première rencontre lui revinrent, qu'elle avait omis sciemment de raconter à Rosita afin qu'ils restent un secret qu'elle ne partagerait qu'avec Ettore. Cette soirée lui parut alors un événement comme elle n'en connaîtrait qu'un dans sa vie. Comme ils étaient bien tous les deux, dans ce petit salon, à l'écart. Ils auraient pu se croire seuls au monde ! Elle entendait encore Ettore lui dire en français :
- Je m'appelle Ettore Carafa.

Et elle, de répondre :
- Ettore, quel beau prénom ! Le seul Hector que je connaisse est le héros d'Homère que mon frère admirait tant. C'était le modèle du guerrier qui ne

rêve que de batailles et de victoires.
- Rassurez-vous, mon ambition est plus modeste. Je voudrais simplement rétablir ma situation auprès du roi de Naples. Mon père, par son inconduite, a perdu son crédit et le mien par la même occasion. Vous avez l'air si spontanée, si dépourvue de cet esprit moqueur que je rencontre souvent chez les jeunes filles qu'on ne cesse de me présenter, que je puis vous confier mon rêve, jugé prétentieux par beaucoup. Je voudrais achever l'œuvre d'une de mes ancêtres, le palazzo de Donn'Anna à Naples. Qu'en pensez-vous ? Mais pour mener à bien mes projets, il me faut une femme jolie, gracieuse, intelligente et décidée à m'aider.

Et elle s'entendait dire avec une audace dont elle ne se croyait pas capable :
- Cette épouse, vous l'avez devant vous !

Et elle se revoyait dans sa robe blanche, toute simple, une ancienne croix en grenat de sa grand-mère comme unique bijou, enlevant son masque et proclamant :
- Je suis Jeanne de La Rochelle, demoiselle de compagnie d'Angélique de Gondrecourt, pour vous servir, Monsieur.

Et elle était mariée, elle avait encore du mal à le croire ! Elle comprenait que Mme de Gondrecourt fût un peu fâchée. Quant à Angélique, Dieu seul savait ce que cette indolente en pensait ! Rien, probablement. Des regrets ? Pourquoi en aurait-elle ? Non, elle avait juste profité de l'indolence d'Angélique qui ne lui avait jamais témoigné la moindre amitié.

Tandis que le crépuscule assombrissait la pièce et que le remue-ménage précédant le souper se faisait entendre, Ettore, suivi d'Eusebio, fit une entrée fracassante. Les cheveux en bataille, le jabot de travers, la dentelle de ses manchettes déchirée, il cria presque :
- Madame, nous devons partir. Je viens de me battre en duel avec M. de Gondrecourt que j'ai laissé pour mort sur le pré. Je ne crois pas que ce vieux dur à cuire soit vraiment mort mais quand le doge apprendra la nouvelle, il va entrer dans une de ses terribles colères dont il est accoutumé. Le secrétaire de l'ambassadeur de France tué ou gravement blessé dans un duel est un crime qui doit être sévèrement puni. Si je veux éviter les Plombs, l'effroyable geôle du doge, nous devons partir demain, bien avant l'aube. Mon oncle ne me soutiendra pas vraiment, il a bien trop besoin de l'appui du seigneur et maître de Venise, s'il veut entrer à la Curie papale.

Pressé, excité, hors de lui, Ettore bafouillait. Derrière lui, Eusebio était calme. Jeanne finit par comprendre que c'était pour elle que son mari s'était battu. Elle en fut émue aux larmes. « Il m'aime vraiment. Et moi, est-ce que je l'aime ? »

Le soir, dans le secret de leur chambre, Ettore avait retrouvé son calme :
- Voilà ce que nous allons faire. Le doge se doute que nous voulons gagner Naples où nous serons en sécurité. Ses hommes vont nous attendre au port de Venise pour m'arrêter. Nous allons partir en voiture pour Trieste et c'est là que nous prendrons un bateau. Eusebio a tout prévu. Au fait, vous ai-je dit qu'il est mon frère de lait ? J'ai plus aimé sa mère, une solide paysanne de Bergame, que la mienne que je ne connus qu'à sept ans, « l'âge de raison » comme vous dites en France. C'est sur sa vaste poitrine que souvent je m'endormais. Elle me chantait des comptines et m'apprit à aimer les bergamasques, ces chansons à danser qui sont à présent démodées. Je les aime toujours, comme je crois, ma mie, que je vous aime et vous aimerai toujours.

***

Une voiture aux vitres occultées par d'épais rideaux roulait à vive allure, elle semblait survoler les nids de poule et escamoter les ornières laissées par les nombreux chariots qui empruntaient cette voie antique. Le vent matinal et la vitesse de quatre chevaux bien nourris et soigneusement harnachés déployaient la grande cape noire du cocher dont le visage était dissimulé par un feutre à larges bords. À l'intérieur, Jeanne et Ettore étaient assis face à face et se tenaient les mains. « Enfin un tête-à-tête, pensa la jeune femme, depuis le temps que je l'attendais ! » On avait quitté la route trop fréquentée pour emprunter des chemins détournés. Ce n'était pas l'inconfort de ce voyage imprévu qui empêchait Jeanne de goûter au plaisir d'être enfin seule avec son mari, c'étaient deux souvenirs qui s'étaient invités sans crier gare, comme si les cahots de la voiture avaient sollicité sa mémoire d'une manière inattendue.

Tôt ce matin, à la lumière des torches, Jeanne avait eu l'occasion de dévisager Eusebio, bien trop occupé par les préparatifs du départ pour s'apercevoir de quoi que ce soit. Et soudain, alors que Jeanne, dans la voiture, essayait de se préparer à tous les aléas de ce voyage imprévu, un visage lui apparut, c'était celui, enfariné, du Pierrot qui, lors du carnaval, ne quittait pas Arlequin d'une semelle. Ce visage tout blanc c'était celui d'Eusebio ! Jeanne se souvint aussi d'Ettore l'entraînant et traversant à toute allure une enfilade de salons pour être enfin seul avec elle. Elle se rappela aussi avoir vu une ombre toute de blanc vêtue, s'éclipser discrètement, au moment où les deux amoureux regagnaient le carnaval. Elle n'avait plus de doute, Eusebio s'arrangeait toujours pour être au plus près d'Ettore. Pourquoi ? Elle l'ignorait mais elle ferait tout pour le savoir.

Et ce matin encore, la cape d'Eusebio l'avait frôlée avant qu'il ne s'assoie sur le siège du cocher. Cette vaste cape noire lui rappelait quelque chose, mais quoi ? Et le souvenir lui revint, précis, intact, comme neuf, malgré le temps. C'était à Ray-les-Ménétriers, au château. La comtesse, qui se moquait comme de sa première chemise des usages et de la bienséance, avait reçu dans la grand-salle un colporteur dont elle appréciait le talent de conteur : il avait beaucoup voyagé et connaissait des histoires des quatre coins du royaume. Parmi toutes celles entendues ce soir-là, l'une d'elles avait marqué la jeune fille, elle venait de Bretagne (pour la plupart des auditeurs, c'était une contrée mystérieuse, à des lieues et des lieues de leur village, certains se demandaient même si ce pays existait vraiment). Elle entendait encore la voix qui, dans un silence religieux, s'élevait, puissante et charmeuse tout à la fois :

- C'était la nuit de Noël, que l'on appelle là-bas la nuit des Merveilles. L'église était pleine à craquer. La messe de minuit s'achevait quand toute l'assemblée put entendre le hululement répété de la chouette, suivi d'un bruit de roues qui grinçaient sur les pavés. Quelle charrette pouvait circuler en ce moment béni, alors que tout un village était réuni dans une même ferveur adressée à un enfançon ? La porte de l'église s'ouvrit pour laisser apparaître la haute silhouette d'un homme. Une cape et un large chapeau noir le dissimulaient mais tout le monde le reconnut. C'était l'Ankou, l'impitoyable serviteur de la Mort, le conducteur de la charrette où s'empilent les âmes des morts de l'année. Il s'approcha de la pieuse assemblée et s'arrangea pour frôler de sa cape certains assistants, des vieux et des vieilles, des plus jeunes et même des enfants à la mamelle. Et, croyez-moi ou pas, il savait ce qu'il faisait, il ne choisissait pas au hasard. Dans l'assistance terrifiée, chacun avait compris et ceux qui avaient été frôlés par la cape maudite savaient qu'ils vivaient leur dernier Noël.

Le souvenir de ce récit était si précis, si net que Jeanne, dans la voiture, frissonna.
- Qu'avez-vous, ma mie ? vous semblez inquiète. Vous vous plaigniez de mes absences, eh bien, vous allez profiter de ma compagnie car le voyage de Trieste à Naples risque de durer, même si tout se passe bien. Peut-être craignez-vous la mer et ses dangers ? Rassurez-vous, Eusebio saura trouver un bon bateau et un équipage de confiance. Il a des amis partout et sait toujours à qui il a affaire, je ne l'ai jamais vu se tromper sur la qualité d'un homme.
- Eusebio, toujours Eusebio, répondit Jeanne.

Effectivement, Eusebio avait tout prévu. Les étapes se succédaient et chaque soir on découvrait une nouvelle auberge qui ressemblait à celle de la

veille. C'étaient la même cuisine infecte, des chambres sordides que l'on était obligés de partager avec des puces et parfois de redoutables punaises. En prime, on devait écouter l'aubergiste qui, afin de justifier la note élevée de la nuitée, vantait la qualité extraordinaire de son établissement à nul autre pareil. On versa une fois et on croisa un gibet dont les sinistres bois étaient bien garnis de fruits si secs que les pies et les corbeaux les dédaignaient. Seul, le vent semblait prendre plaisir à la présence de ces pauvres corps desséchés et raides comme du cuir et les balançait comme une mère berce ses enfants pour les consoler. Quand Ettore vit les sinistres fourches patibulaires, il fouilla fébrilement dans la poche intérieure de sa veste. Curieuse comme une vieille chatte, Jeanne s'enquit :
- Que cherchez-vous, mon ami ?
- Ma corne de corail qui me protège contre la jettatura, le mauvais sort.

Quand elle vit le magnifique bijou qui pouvait se porter en pendentif, Jeanne s'empressa d'en savoir davantage :
- Qui vous a offert cette précieuse babiole ?
- Détrompez-vous, ce n'est pas « Eusebio, toujours Eusebio » mais ma mère qui, bien qu'elle se rende tous les jours à la messe, est très superstitieuse, comme tous les Napolitains. »

Un soir, on s'arrêta dans une petite auberge encore plus crasseuse que d'habitude. La salle était sombre, une pauvre chandelle brûlait, allumée exprès pour les trois voyageurs. Le maigre feu de la cheminée faisait naître des ombres dansantes qui dessinaient les contours d'une table et de quelques chaises. Le souper qu'on leur servit fut infâme. Exténués, le dos douloureux, les amoureux se retirèrent dans l'unique chambre de l'auberge. Couchés sur une méchante paillasse, les époux, comme tous les soirs, évoquaient leur vie future, vivant par avance tout le plaisir qu'ils auraient à réaliser tous les projets d'Ettore. Jeanne s'endormait quand elle entendit la voix désolée de son époux :
- Ce pauvre Eusebio, condamné à dormir dans la grange. Et demain, il n'en soufflera mot ! Vraiment, son dévouement est extraordinaire !
- Eusebio, toujours Eusebio, ne put s'empêcher de dire Jeanne que la fatigue terrassait.
- Je vous trouve bien injuste à son propos, ma chère. Eusebio n'a pas eu la vie facile. Ses parents étaient pauvres. Ma mère qui, comme toute dame de son rang, pratique la charité, se prit d'amitié pour lui puisque nous avions tété le même lait. Elle lui trouva une place d'apprenti sacristain à l'église Santa Maria Donna Regina où elle va souvent se recueillir.
- Il n'est pas la seule personne à avoir connu la nécessité.

- Bien sûr. Je sais que votre père vit chichement pour un homme de son rang et c'est tout à votre honneur de ne pas me l'avoir caché. Mais la situation d'Eusebio ne saurait se comparer à la vôtre, il n'a pas de prestigieux ancêtres, pourtant ses mérites sont fort grands. Voulez-vous que je vous donne une preuve de sa volonté de quitter son état pour une meilleure condition. Mon grand-père eut droit à un enterrement magnifique, digne des Carafa du temps de leur splendeur. Le carrosse de sa veuve et de son fils aîné fut drapé de noir, à l'intérieur et à l'extérieur. Pour cette voiture d'apparat, on acheta des aunes de la meilleure étoffe que l'on pût trouver. Peu de temps après, Eusebio, devenu l'aide indispensable du sacristain eut besoin d'une garde-robe digne de ses fonctions. Que croyez-vous qu'il fît ? Il demanda à ma mère le tissu du carrosse pour se faire tailler des habits. Sa mère était persuadée, comme toute sa parenté, que de tels habits ne manqueraient pas de lui apporter la maladie ou la mort, elle le supplia à genoux de renoncer à son projet. Ses lamentations s'entendirent dans tout le quartier. On vint le conjurer, le supplier. Eusebio fut inébranlable. Je ne suis pas superstitieux, ma tendre amie, mais je crois que je me serais laissé convaincre de renoncer à ce dessein qui, selon les avis de tous, était funeste. »

Jeanne songea qu'elle aussi n'était pas superstitieuse, mais elle ne put s'empêcher de penser que tout cela ne lui paraissait pas de bon augure. Sans qu'elle se l'expliquât vraiment, elle n'était pas sereine, elle redoutait quelque chose. Quoi ? Elle n'aurait su le dire...

Le lendemain, Eusebio ne se plaignit pas, il paraissait bien reposé, capable de mener, comme d'habitude, son attelage d'une main de fer. On approchait de Trieste. La jeune femme, qui avait pourtant été élevée à la dure, en était soulagée.

À chaque changement de direction, Jeanne, comme une enfant qu'elle était encore, se penchait à la fenêtre du carrosse et espérait voir la mer. La mer ! À Venise, elle n'avait pas eu l'occasion de la voir. Les Gondrecourt étaient bien trop occupés par les mondanités qu'exigeait la recherche d'un mari pour leur fille. Angélique ne s'intéressait à rien, rien ne lui manquait, mais Jeanne, élevée tout près de la nature dans sa campagne profonde, aimait à contempler les beaux paysages et les promenades hors de la ville lui manquaient. Il lui tardait de voir la « vraie mer », il lui tardait aussi de se sentir en sécurité dans cette ville de Trieste, si cosmopolite que trois voyageurs n'attireraient l'attention de personne. Là, la police du doge ne serait plus à craindre, le maître de la Sérénissime devant céder le pas devant la toute-puissance des Habsbourg.

Par la vitre du carrosse, Jeanne n'aperçut pas la mer mais une forêt sur laquelle le crépuscule jetait

ses premières ombres. La voiture ralentit à l'approche d'une vaste clairière. Jeanne vit trois hauts tas qu'une épaisse couche de terre noire recouvrait et qui fumaient. À côté, une misérable cahute noirâtre menaçait de s'effondrer.
- Ce sont des charbonniers, précisa Ettore, Regardez, ils ont mis le feu aux « meules » qu'ils viennent d'enduire de terre et dans quelque temps, le charbon de bois sera prêt à être vendu. C'est bizarre ! l'endroit a l'air désert, personne ne surveille la combustion...

Ettore n'eut pas le temps d'achever ses explications. Cinq ou six gaillards surgirent du bois. Ils étaient tout noirs : leurs hardes déchirées, leurs mains pareilles à des battoirs, leur figure maculée de suie, on les aurait crus sortis tout droit de l'enfer. Ettore, blanc comme un linge, les dévisageait. Incrédule, il lut dans leurs yeux une haine féroce, qui venait du fond des âges. Jeanne, livide, tremblait, sans pouvoir se dominer. Les charbonniers exhibaient des coutelas, des épées rouillées, une énorme hache. Ettore entrevit un vieux pistolet à un coup, lui sembla-t-il. La voiture s'arrêta. Eusebio descendit. Les charbonniers le bousculèrent, ouvrirent les portières et braillèrent :
- Nous voulons la signora !

Jeanne ne comprit que le mot « signora ».

Dès lors, tout alla très vite. Ettore bondit

comme une bête fauve, l'épée à la main. Il se battit comme un beau diable, son épée tournoyant dans l'air comme si elle était magique. Un coup de feu retentit et Jeanne s'écroula. Ettore se pencha sur elle et vit que sous sa veste une tache de sang s'élargissait. Il eut rapidement l'impression de perdre le contrôle de la situation Et Eusebio, que faisait-il ? Il le chercha des yeux. Eusebio maniait son épée maladroitement, comme un débutant. On aurait cru un acteur qui faisait semblant de se battre. Avant de succomber sous les coups, Ettore fut obligé de se rendre à l'évidence : Eusebio l'avait trahi !

Quand Ettore reprit conscience, il était dans une pièce minuscule, blanchie à la chaux et pauvrement meublée. Il prononça les mots attendus :
- Où suis-je ?
- Vous êtes au couvent des Franciscains qui viennent en aide à tous les malheureux. Par une chance inouïe, à moins que cela soit la volonté de Dieu, nos frères convers vous ont trouvés, vous en piteux état et une jeune femme, morte depuis quelque temps.
- Et mon cocher ?
- Il n'y avait que vous et cette jeune femme. Quant aux agresseurs, vous vous doutez bien qu'ils avaient filé. Peut-être l'ont-ils emmené de force avec eux. Les frères n'ont pas pu se renseigner auprès des charbonniers qui, on ne sait pourquoi, avaient

disparu, abandonnant leur travail. La forêt est si profonde et si mal entretenue que vous aurez du mal à mettre la main sur ceux qui vous ont si vilainement attaqués.

La convalescence d'Ettore fut longue et douloureuse. Il ne voulut voir la tombe de Jeanne, enterrée bien à l'écart dans le cimetière du couvent, que le jour de son départ. Les exhortations des moines qui lui conseillaient de s'en remettre à la bonté infinie de la Providence ne purent venir à bout de son mutisme et son indifférence. Il regagna Naples. Le voyage en bateau dont il s'était promis tant de délices fut une longue épreuve qui le laissa plein de tristesse et de regret. Il dut reconnaître qu'il tenait à son épouse plus qu'il ne l'aurait pensé et que son bref mariage devenait, se nourrissant de tous les souvenirs qu'il ne cessait d'évoquer, ce qu'aucun de ses parents, aucun de ses amis n'avait connu : un mariage d'amour... Il s'en voulait de ne pas avoir deviné les noirs desseins d'Eusebio. Quelle naïveté impardonnable ! Il mit le peu d'énergie qui lui restait à retrouver son frère de lait. Ses recherches furent vaines. Eusebio semblait s'être évaporé. La Cour lui semblait désormais un milieu frelaté. Il n'avait plus l'envie de reconquérir « l'oreille du roi ». Il se rendait bien compte que toute sa parenté n'avait pas approuvé ce mariage singulier et irréfléchi. Malgré tous les divertissements proposés, l'hiver napolitain lui parut ennuyeux et sans charme. Un nouveau carnaval approchait dans l'euphorie générale. Tout Naples, du plus pauvre au plus riche, se réjouissait et le montrait. C'était plus qu'Ettore ne pouvait supporter. Il revoyait Jeanne dans sa robe blanche, son masque blanc trop orné de verroteries multicolores, ses escarpins défraîchis qu'elle s'évertuait à dissimuler. La bergamasque qu'il avait chantée et la ronde folle qui liait leurs mains déjà amoureuses, lui revenaient aussi. Un jour, alors que, solitaire, il se promenait au port, il avisa un brick anglais qui venait de Chypre et s'apprêtait à gagner les Amériques. Le capitaine lui parut un honnête homme et sans plus réfléchir, Ettore embarqua. Le navire arriva à bon port, mais la trace du jeune Carafa se perdit dans la foule des émigrants et les vastes territoires de ce Nouveau Monde.

***

Quelle chance extraordinaire elle avait eue ! Le touring Club de Naples organisait ce jour, une visite guidée du Palazzo de Donn'Anna, qui habituellement ne se visite pas. Voilà une conclusion inespérée à un voyage qui lui laisserait des souvenirs impérissables ! Il y a tant de belles choses à voir sur cette côte amalfitaine !

Quand elle arriva aux abords du palais,

devant la beauté de la plage au pied du Pausilippe chanté par les poètes, elle eut le souffle coupé. Le palais accroché au récif, comme un antique galion, lui fit penser au navire qu'Ettore avait pris pour « partir aux Amériques », comme on disait alors. Elle pensa aussi aux sirènes qu'Ulysse avait rencontrées et qui nageaient dans les grottes sous-marines creusées dans les falaises du bord de mer. Son goût pour les mythes, les légendes et les contes ne s'était pas émoussé avec l'âge et elle appréciait au plus haut point ces paysages évocateurs d'histoires dont l'origine s'étendait sur des siècles.

Le guide était un beau jeune homme, au regard sombre, aux cheveux noirs et frisés, tout le charme sensuel du bel Italien. Il y a des jours où l'on regrette ses trente ans ! La visite commença, sérieuse et bien préparée. Le palais avait été construit pour l'épouse du vice-roi de Naples, Anna Carafa, et laissé inachevé. Vint le moment le plus intéressant : celui des légendes que cette curieuse construction avait fait naître. La reine Jeanne d'Anjou, cette bonne reine tant aimée des Provençaux, choisissait ses amants d'une nuit parmi les plus beaux pêcheurs de Naples et le lendemain matin les faisait noyer dans les grottes où nagent les sirènes. Certaines nuits de tempête, on pouvait encore entendre dans les pièces en ruine du palais, les lamentations de leurs âmes, que le vent décuplait.

À la fin de la visite, après les félicitations et les remerciements d'usage, elle confia au guide qu'elle avait eu l'occasion de lire les mémoires d'une vieille comtesse vivant dans l'Est de la France au XVIIIe siècle. Dans un court passage, elle évoquait sa dame de compagnie, une jeune noble française devenue l'épouse d'Ettore Carafa, qui projetait d'achever le palazzo. Elle s'appelait Jeanne, elle aussi, et, tout comme Donna Anna Carafa, était morte prématurément, dans des circonstances tout aussi mystérieuses que celles qui entouraient la mort de la vice-reine :

-Voilà une histoire des plus troublantes mais qui ne m'étonne pas. Les Napolitains ont toujours été convaincus que celui qui aurait l'intention d'achever le palazzo, connaîtrait la maladie ou la mort, lui ou toute autre personne chère à son cœur, répondit le guide en croisant discrètement les doigts derrière son dos pour conjurer la jettatura.

De longues années de fiançailles

La Grande Galmiche portait bien son surnom : de haute taille, les mains comme des battoirs, l'air pincé et le sourire rare, elle était crainte de tout ce que la ville comptait de gens bien, ceux au salut desquels elle répondait, car dans sa vision manichéenne de la société, il y avait les personnes fréquentables et la foule indistincte des moins que rien qui ne valaient même pas un regard. Fille d'un modeste maraîcher, elle avait réussi à épouser un héritier des Grands Moulins d'Avignon qui, au bout de cinq ans d'un bonheur conjugal relatif, avait eu la bonne idée de mourir, lui laissant une belle fortune et une fille dont elle était folle.

Ne voulant pas rester seule (elle craignait les voleurs), elle engagea un homme à tout faire, Vladimir Pétrovitch, chargé de contrôler la logistique des minoteries Galmiche. Râblé, de petits yeux fouineurs dans un visage cireux et boursouflé, ce taiseux, mycologue confirmé, mourut après avoir dégusté un plat de champignons. Sa mort, brutale, ne déclencha qu'une série de suppositions, malveillantes pour la plupart. Rares furent ceux qui en firent des galéjades.

Une autre personne tenait une place

importante dans la vie de la Grande Galmiche, sa petite-fille Fanny, qui venait de décrocher son baccalauréat, succès qui, en 1914, pour une fille, n'était pas si fréquent ! Orpheline dont les parents s'étaient tués dans un accident, elle montrait un caractère aussi affirmé que celui de sa grand-mère à qui elle causait bien des soucis. Elle voulait à tout prix, non pas « faire un beau mariage » comme le lui conseillait sa grand-mère qui avait hâte de se débarrasser d'elle, mais poursuivre ses études. Et les murs du grand mas retentissaient d'âpres disputes. La vieille maugréait :
- ll a fallu que cette gamine encombre ma vie. Ce n'était pas assez que son père, un fieffé imbécile, achète une Bugatti, croque son héritage, tue ma fille en me laissant une écervelée intraitable : mademoiselle veut être docteur, je vous demande un peu !

***

La nouvelle éclata comme une bombe. Un cadavre venait d'être retrouvé dans la colline Saint-Jacques, près de la chapelle, à côté de la citerne romaine. Bien que son visage fût réduit en bouillie par une décharge de chevrotine, on le reconnut. C'était celui de la Grande Galmiche. À ne pas en croire ses yeux ! Qui avait fait le coup ? Qui avait profité de l'absence de Fanny ? En effet, la jeune fille était à Avignon où elle jouait dans une adaptation théâtrale des *Trois Mousquetaires* d'Alexandre Dumas. Elle tenait le rôle de Constance Bonacieux et les spectateurs enthousiastes avaient pu apprécier sa fraîcheur et sa spontanéité aux côtés d'Eugène Homais, tout aussi convaincant dans le rôle de d'Artagnan. Tous deux avaient l'air si amoureux que les Cavaillonnais présents au spectacle parlaient déjà de fiançailles.

Personne ne se précipita aux funérailles de la Grande Galmiche, et les gendarmes ne se pressaient pas non plus pour mener l'enquête. Beaucoup pensaient que, pour une fois, le destin avait bien agi. On aurait bien vite oublié ce drame affreux si...

L'information se répandit comme une traînée de poudre. Un corps tout gonflé par un séjour aquatique avait été retrouvé au Partage des Eaux à l'Isle-sur-la-Sorgue. C'était Eugène Homais qui ne s'était pas suicidé, c'était certain. Le jeune homme était promis à un bel avenir, et si à Cavaillon il avait fallu personnifier une allégorie de la jeunesse heureuse, Eugène Homais aurait été choisi. Qui en voulait au fils du pharmacien au point de l'assassiner ? Qui, cet étudiant studieux, à la vie si ordonnée et incapable de faire du mal à une mouche, menaçait-il ? Les parents, les amis se perdaient en question sans réponses. Les gendarmes se lancèrent dans une enquête méthodique, ignorant que dans quelques semaines, ils auraient des occupations autrement importantes que l'assassinat d'un jeune homme, fût-il le fils de la Grande Pharmacie Homais.

Une foule compacte se pressait à l'enterrement. Quelle ne fut pas la surprise de Fanny quand une cohorte de dames respectables et convenablement éplorées lui manifesta une affectueuse sympathie, une compréhension qui était comme un adoubement, une marque de bienvenue dans leur cercle d'épouses accomplies. On la considérait comme la fiancée d'Eugène ! Certes, Fanny aimait bien Eugène, mais de là à l'épouser, elle n'y avait jamais pensé. Il n'aurait jamais accepté de bon gré qu'elle devienne médecin, il désirait une épouse à l'image de sa mère, s'occupant des enfants et de la maison. Tous deux n'auraient pas été heureux. Fanny, malgré sa jeunesse, était lucide – tout comme sa grand-mère.

Le 14 juillet et sa fête nationale se profilaient à l'horizon mais personne n'avait le cœur aux réjouissances. Après deux crimes horribles à une semaine d'intervalle, la population morte de peur n'osait plus sortir, même en plein jour. Les bruits de botte venus de la lointaine Autriche se faisaient plus assourdissants depuis l'assassinat du grand-duc et de son épouse. Vraiment, non ! on n'avait pas envie de s'amuser. Fanny, toute de noir vêtue, se devait de respecter le deuil de son aïeule, à qui elle ne pensait presque plus. En revanche, elle revoyait souvent le visage d'Eugène, son franc sourire et son regard bienveillant. Elle s'en voulait d'avoir flirté avec lui et se serait laissée aller au désespoir, si...

Un visiteur du soir. Sûr de lui, conquérant comme pas deux, il avait à peine franchi la porte qu'il prenait la parole :
- Tu te rappelles, on s'est rencontrés il y a presque un an au bal du 14 juillet. Tu m'as raconté ta vie et ce que tu m'as dit n'est pas tombé dans l'oreille d'un sourd. Tu as vu comme je t'ai débarrassé de la vioque qui te pourrissait la vie.
Soudain, les souvenirs reprennent leur place dans la mémoire de Fanny : c'est Léon à qui, grisée par le rosé bu pour célébrer la République et les pompiers organisateurs de la fiesta, elle avait fait des confidences. Ce Léon, tout en muscles, avec sa face de lune, ses yeux fureteurs lui rappellent quelqu'un. Déjà l'année dernière, son physique l'avait intriguée. Cependant, Léon fait mouvoir ses pectoraux et continue :
- Je viens chercher ma récompense. Rassure-toi, je ne veux pas d'argent, je te veux, toi.
Sans cacher sa mauvaise foi (car il sait bien que s'il épouse Fanny, il aura sa fortune), il conclut :

- Oui, c'est toi que je veux et je t'aurai.

Et il s'en va comme il est venu. Fanny, pleurant à gros sanglots, s'écroule sur le vieux canapé du salon. Fanny est perdue, elle ne sait plus que faire, elle est si seule. Il y a bien son tuteur chargé de veiller sur elle mais il est si occupé par ses affaires et il la connaît à peine. Le mieux c'est qu'elle s'enfuie... à Paris : elle rêve depuis longtemps d'y poursuivre ses études.

Ses affaires sont prêtes, Fanny va prendre le train mais ne serait-ce pas les cloches de la cathédrale qui sonnent à pleine volée ? En cette journée du 3 août 1914, personne ne le sait mais elles ne sonnent rien moins que le suicide de tout un continent car la France vient de déclarer la guerre à l'Allemagne.

Fanny ne pouvait plus partir. Ce fut Léon qui s'en alla. Serré de près par les gendarmes pour une histoire de vol à main armée, il préféra s'engager. La fleur au fusil et bien décidé à massacrer du Boche, il se retrouva à la frontière alsacienne où les combats faisaient rage. Attiré par son pantalon garance, un coup de fusil bien ajusté eut raison de ses ardeurs belliqueuses. La nouvelle de sa mort ébranla si fort Fanny qu'elle trouva enfin à qui ressemblait Léon dont elle ignorait toujours le patronyme. C'était le portrait rajeuni de Vladimir Pétrovitch. Elle n'aurait rien connu de la vie de Léon si...

Une visiteuse du soir. Toute de noir vêtue.
- Bonsoir, je m'appelle Vivette Grapazi. Je suis la mère adoptive de ce pauvre Léon. Il ne parlait que de vous. Çà ! on peut dire que vous lui aviez tapé dans l'œil.

Puis baissant la voix, elle poursuivit :
- La véritable mère de Léon, c'est votre grand-mère. Elle avait la honte d'être enceinte à presque quarante ans et ne voulait surtout pas se remarier. Elle nous a donné beaucoup d'argent à moi et à mon mari pour que nous élevions l'enfant et gardions le secret, mais c'était sans compter les commérages. Léon a fini par se douter que nous n'étions pas ses vrais parents. Il m'a menacée et j'ai eu si peur que j'ai tout raconté. Alors il a eu la haine et jura que la Grande Galmiche, pardon votre grand-mère, cracherait au bassinet. C'est lui qui l'a tuée et c'est lui aussi qui a tué le fils Homais, il était tellement jaloux !

Ayant dit tout ce qu'elle avait sur le cœur, Vivette, mal à l'aise d'avoir « vidé son sac », s'enfuit, ombre furtive qui se fondit dans la nuit. Fanny était sidérée...

***

Cependant, la guerre s'éternisait. Fanny n'avait pas oublié sa vocation. Elle décida bien vite de participer aux efforts qu'elle exigeait : ce serait pour elle le meilleur moyen d'oublier que le sort semblait s'acharner sur elle. Après quelques mois de formation, la jeune fille rejoignit le front en qualité d'infirmière. Les morts et les blessés, innombrables, les gueules cassées n'entamaient pas sa constante disponibilité. Ces tâches incessantes, les gémissements, les souffrances atroces, les agonies terribles ne l'empêchaient pas d'être hantée par le cadavre d'Eugène dégouttant des eaux de la Sorgue. Elle se sentait responsable de sa disparition.

En 1918, elle rencontra un chirurgien militaire dont la force tranquille, le calme rassurant l'attirèrent. Lui aussi avait remarqué cette jolie infirmière que les épreuves ne faisaient jamais défaillir. Quand le 11 novembre, toutes les cloches sonnèrent pour annoncer l'armistice tant espéré, ils décidèrent de se fiancer. Désormais, Fanny était sûre de devenir médecin : son avenir s'avérait plein de promesses si...

La grippe espagnole. Dévastatrice et sans remède, elle emportait tout sur son passage, comme la Faucheuse du Moyen Âge. Épuisée par quatre années de guerre, Fanny que les Cavaillonnais continuaient à plaindre, la considérant toujours comme la promise du regretté Eugène Homais, mourut, telle une éternelle fiancée.

Adèle et son train-train

- C'est-il vrai, l'Adèle, que demain, tu t'en vas prendre le train toute seule à V'soul, comme une grande ?

L'homme, qui s'enquérait ainsi, était curieux comme une vieille chatte, il s'appelait Georges Aignelet. Pourtant, il n'avait rien d'un petit agneau et ressemblait plutôt à un goret dodu, fin prêt pour le saloir. Le teint rougeaud et l'œil en coin, il mâchonnait un bout de paille. Il ménageait ses cigarettes qu'il roulait précautionneusement, veillant à ne pas perdre le moindre brin de tabac. Plus que d'écorner ses économies, il redoutait les remarques désobligeantes de sa mère qui comptait subrepticement ses « roulées », lui reprochant sans arrêt ses dépenses inconsidérées.

Surprise par cette visite inattendue, Adèle ne répondait pas, elle était de nature taiseuse et quand elle prenait la parole, c'était pour égrener toujours les mêmes plaintes (nous verrons lesquelles) ou pour sortir quelque aphorisme bien senti qui clouait le bec à son interlocuteur. Adèle était une grande femme — plus grande qu'Émile, son mari — maigre et osseuse, à l'apparence un peu austère. Les années et les travaux des champs avaient vite effacé sa

fraîcheur et sa sobre beauté. Si elle portait toujours un chignon haut perché, il était devenu poivre et sel et son rare sourire montrait des manques et une blancheur devenue grisâtre. Devant le regard narquois et inquisiteur de son voisin, elle se tenait raidie, presque sur la défensive. Elle maugréa :
- P'têt ben qu'oui, p'têt ben qu'non.

Pourtant nous n'étions pas en Normandie mais dans un petit village de Haute-Saône, à une trentaine de kilomètres de Vesoul, la préfecture du département.

Le projet d'Adèle, qui s'était répandu dans le village à la vitesse de l'éclair, avait suscité de l'émoi, mais aussi, il ne serait pas juste de le cacher, de l'incrédulité et de la réprobation. Aller prendre le train toute seule, pour une femme qui n'avait jamais voyagé, qui ne connaissait que deux villages, celui de sa naissance et celui de son mariage, n'était-ce pas faire preuve d'un orgueil déplacé ? Ah ! on avait bien raison de dire que les Lariboissière n'étaient rien d'autre que des « glorieux », des orgueilleux. L'Adèle ne connaissait pas le monde. C'était sûr qu'elle allait se tromper de train et que ferait-elle alors ? Pas sa maligne en tout cas !

Les bonnes langues du village exagéraient : Adèle était allée deux fois à Vesoul, avec son mari certes, à l'occasion de la foire de Sainte-Catherine.

Elle en avait même rapporté une demi-douzaine de petits cochons en pain d'épices. À défaut d'y goûter, le voisinage avait pu admirer l'emblème de cette foire, la plus grande de l'année, et imaginer les saveurs de miel et d'épices de cette friandise renommée. Pour s'y rendre, le couple avait emprunté la Peugeot de Marcel Coursier, taxi clandestin. Il portait bien son nom puisqu'il faisait les courses des impotents et convoyait l'écrasante majorité des villageois qui n'avaient pas de voiture.

Justement, Adèle qui, sous des apparences nunuches, n'était pas née de la dernière pluie était allée, la veille au soir, trouver son chauffeur occasionnel, en s'assurant bien que personne ne la vît. Marcel Coursier fut très étonné lorsqu'il vit la haute silhouette d'Adèle dans l'encadrement de la porte. Dehors, il faisait noir comme dans un four et ce n'était pas dans les habitudes des gens de se promener sans raison la nuit venue.

- Tiens, l'Adèle, c'est toi ! Qu'est-ce qui t'amène donc si tard ? Félicie est déjà au lit ! Dis-moi, tu n'as pas eu peur de venir jusque chez moi alors que, ce soir, on n'y voit goutte !
- Tais-toi donc, beau merle ! j'en ai vu d'autres. Si je suis venue, c'est que j'ai des choses à te demander. Tu voyages beaucoup et j'ai confiance en toi, je sais que tu ne répéteras à personne ce que je m'en vas faire.

Marcel se rengorgea. Avec ses fanfaronnades (beaucoup n'hésitaient pas à le traiter de « grande gueule »), il entretenait cette réputation d'homme à qui on ne la faisait pas, qui connaissait le monde, ses usages et ses complications. Il était le seul électricien à des kilomètres à la ronde et le seul capable de réparer le matériel électrique, ce qui l'obligeait à parcourir tout le département pour trouver des pièces de rechange. Coursier, aussi curieux que son conscrit Aignelet, brûlait d'impatience d'en savoir plus et fut bientôt mis au courant.

Tout le monde savait que Maximilien, le beau-frère d'Adèle, venait de mourir. Il serait enterré à Belfort où il vivait depuis qu'il avait quitté la campagne pour travailler à l'Alsthom. L'usine, à l'époque, embauchait à tour de bras et attirait tous ceux qui, maigres héritiers d'une trop petite ferme, ne pouvaient plus être paysans. Comme tout le monde le savait aussi, son Émile était cloué au lit avec une sciatique carabinée (il disait une « chiatique », croyant que cette maladie s'appelait ainsi car elle ennuyait — il employait un autre verbe — fort son malade). Il ne pouvait pas aller à l'enterrement et n'y tenait pas particulièrement, n'ayant jamais éprouvé de vifs sentiments pour son frère. Adèle n'était pas de cet avis, elle voulait assister aux funérailles. Elle avait toujours souffert

des manières de sa belle-sœur, une Belfortaine pur sucre, qui s'adressait à elle avec condescendance et évoquait la Haute-Saône en la rebaptisant « Haute-Patate », ses habitants devenant de ce fait des « Patateux » et elle employait ces termes sans retenue, ne se doutant pas qu'elle pouvait blesser la famille de son mari.
- Tu as bien raison l'Adèle, de vouloir remplacer l'Émile à cet enterrement ; nous ne sommes pas des culs-terreux et ils verront que nous connaissons les bonnes manières.

Adèle, contente de son approbation, acquiesça. Quand elle eut donné l'heure du train qu'elle allait prendre le surlendemain, le chauffeur-dépanneur lui précisa :
- Tu vas prendre un très grand train, avec plusieurs wagons. C'est le Paris-Bâle, tu ne peux pas te tromper, c'est écrit dessus.

Rassérénée quant à son voyage, mais inquiète à l'idée de quitter la maison pour trois jours, elle rentra chez elle.
- Il a bien fait de mourir à cette époque de l'année, le Maximilien. Je peux m'en aller à peu près tranquille : les moissons sont terminées, la vendange est faite. Ah ! si je pouvais compter sur mon fils. En ce moment, l'Albert pense surtout à chasser le lièvre et à aller aux champignons. Et sa femme, avec ses yeux de poule qui couve ses poussins, elle n'est

propre à rien, juste à faire des mioches qui braillent toute la journée. Ce n'est pas la peine de lui demander quelque chose. Elle ne sait même pas ravauder un pantalon ou raccommoder. Ça ne la gêne pas d'avoir des trous à ses bas ! Elle sait tout juste tremper la soupe. Si je n'étais pas là, tout irait à vau-l'eau !

Adèle se laissait aller à ses plaintes sempiternelles et on aurait pu croire qu'elle y trouvait un plaisir secret.

C'était le grand jour, celui du départ. Elle en voulait à Coursier et surtout à Félicie, son épouse. Elle était convaincue que la curieuse avait écouté derrière la porte du poêle, la pièce attenante à la cuisine. C'était elle qui avait tout raconté. Voilà qui expliquait la visite du gros Aignelet. Adèle n'aimait pas qu'on se mêlât de ses affaires... Mais ce n'était pas le moment de rêvasser, elle devait se dépêcher, le car de Vesoul ne l'attendrait pas.

On ne peut pas dire qu'elle avait fière allure dans son tailleur noir en crêpe Georgette, que Germaine, factrice de son état et couturière occasionnelle, avait coupé et cousu, et dont la couleur s'était ternie au fil des années. Ses chaussures « du dimanche » la serreraient, mais elle les supporterait, elle n'avait pas le choix. Le problème du chapeau avait été vite résolu, elle n'en avait qu'un. Complètement démodé. Comme elle ne pouvait décemment pas assister à l'enterrement en cheveux, elle porterait ce bibi tarabiscoté, oublié il y a longtemps par une élégante cousine, tenancière d'un café à Bourbonne-les-Bains. Même s'il était un peu tôt dans la saison pour arborer son renard, sa seule parure afin d'épater sa belle-sœur, elle ne saurait y renoncer.

Dans le car qui la conduisait à Vesoul et mettrait au moins trois heures pour parcourir trente kilomètres, elle voyait les villages défiler : Cintrey, Malvillers, Gourgeon, elle était en pays connu. Voici Combeaufontaine. Ce nom lui rappela sa voisine d'en face, la mère Catel. C'était ainsi qu'on l'appelait, on avait oublié son prénom, Joséphine, trop distingué pour une fille de paysans de Villers-Vaudey, si pauvres qu'ils avaient eu beaucoup de mal à nourrir leurs quatre enfants. La Joséphine s'en était bien tirée, mieux qu'elle en tout cas. Pourtant sa vie de femme avait mal commencé, elle s'était retrouvée veuve avec deux enfants sur les bras. Elle avait accepté — sans se préoccuper du qu'en-dira-t-on — de se remarier avec un divorcé que ni le curé ni les riches maquignons ne saluaient (d'autant plus qu'on lui prêtait des idées socialistes !). Face à un tel projet, certaines filles, même montées en graine, se seraient signées en poussant des cris d'orfraie, elle non, elle avait vite compris que grâce à cet homme dont aucune femme ne voulait, elle pourrait nourrir convenablement ses enfants. Son futur mari avait le front bien encorné mais il avait aussi une bonne place dans les chemins de fer vicinaux. Au jour d'aujourd'hui, ses deux enfants avaient bien réussi : sa fille, après avoir été bonne à tout faire à Combeaufontaine, avait réussi à épouser un cheminot (qui parlait d'acheter une voiture !) et son fils, sous-officier, se faisait une haute paye en Allemagne, tandis que son Albert à elle travaillait dans les champs et derrière les vaches pour trois francs six sous. Oui, la Joséphine avait bien joué, alors qu'elle, elle devait calculer la moindre dépense. Tout était compté, même ce qui remplissait tant bien que mal les assiettes : des pommes de terre, pour sûr, de la soupe à chaque repas, un peu de porc salé, de la cancoillotte et le dimanche, un civet de lapin. En face, on ne va pas à la messe mais à midi, on fait bombance. Le repas commence par un pot-au-feu suivi d'une poule en sauce ! Et la mère Catel était une fameuse cuisinière, on faisait appel à ses talents pour toutes les noces alentour. La preuve, elle était sur toutes les photos de mariage. Sur le cliché, deux taches claires tranchent sur la couleur sombre des costumes des invités, la robe de la mariée et l'ample tablier blanc largement déployé de la maîtresse des sauces et des rôtis. Adèle, mécontente de son sort, savait qu'on lui reprochait ses plaintes perpétuelles et son comportement peu amène, voire hostile. Elle avait vite fait de rabrouer quiconque lui demandait le moindre service. Elle n'était pas populaire mais elle s'en moquait, pour elle, cela n'avait pas d'importance.

Quand elle arriva à la gare de Vesoul, elle prit le train que son voisin lui avait indiqué. Le trajet se passa très rapidement, le paysage défilait à une vitesse incroyable. Elle eut à peine le temps d'apprécier le confort de ce train qu'elle trouvait extraordinaire, que déjà elle entendit :
- Belfort, Belfort, deux minutes d'arrêt.

Maximilien fut bel et bien enterré. La cérémonie fut brève et rondement menée par un curé pressé d'aller voir ailleurs. Ces ouvriers étaient pour la plupart des mécréants et il était inutile de perdre son temps avec eux. Avec son renard autour du cou, Adèle avait fait sensation. Les jeunes personnes à qui ce genre d'étole était inconnu la regardaient à la dérobée. C'était avec une espèce de répulsion qu'elles louchaient sur les pattes griffues, la queue touffue, le museau pointu et aplati de la bête. Adèle se tenait digne, impassible devant la fosse, croyant être l'objet d'une admiration telle que ce sentiment, nouveau pour elle, la troublait. Cependant, elle n'était pas étonnée. Ce renard, cadeau d'Émile, était une belle pièce. Peu après leur mariage, il avait tué le goupil que l'hiver avait poussé à s'approcher des poulaillers. Sa fourrure était bien fournie et d'un beau brun-roux. C'était le taupier qui avait préparé et transformé la dépouille. L'Émile n'avait pas hésité à puiser dans ses économies pour complaire à sa jeune femme. Il dut s'acquitter d'une somme rondelette car le taupier, enfant de l'Assistance publique, qui ne gagnait que quelques sous pour chaque taupe prise dans ses pinces de fer, n'attachait pas ses chiens avec des saucisses quand il s'agissait d'apprêter les fourrures. Ah ! c'était un tout malin... Ce n'était pas pour rien qu'il était le filleul de la mère Catel !

Adèle était désormais sur le retour. Qu'avait-elle vu de Belfort ? Le Lion, évidemment, qui l'avait impressionnée. Jamais elle n'aurait pensé qu'on eût pu faire une statue aussi grande et si haut perchée. Elle avait pris le temps d'acheter deux souvenirs. Après avoir longuement hésité (dame ! il fallait veiller à la dépense), elle arrêta son choix sur une statue du Lion en régule et une petite poupée en costume d'Alsacienne. Elle n'avait pas résisté à sa belle jupe rouge, à son tablier brodé, mais c'était le grand nœud de sa coiffe en satin noir et brillant qui avait vaincu ses derniers scrupules.

Quand elle se retrouva à la gare de Belfort, Adèle chercha vainement le grand train si confortable et si rapide qui l'avait amenée. Les quais étaient déserts sauf le plus éloigné des bâtiments de la gare. Là, un petit train jaune et rouge, composé de deux wagons attendait. Selon une pancarte qu'elle finit par découvrir, ce tacot avec ses couleurs ridicules allait à Vesoul. Adèle n'en croyait pas ses yeux. Comment ce train qui ne ressemblait à rien pourrait-il la conduire jusqu'à sa destination ? C'était impossible, il ne pourrait jamais parcourir autant de kilomètres ! Elle avisa un employé des plus sérieux avec sa belle casquette et son uniforme bleu marine, et lui fit part de son embarras. Le sous-chef de gare n'en crut pas ses oreilles. L'étonnement qu'elle lut dans le regard du préposé accrut les appréhensions d'Adèle. Elle se voyait déjà obligée de retarder son retour. Et que se passerait-il à la ferme ? Les vaches seraient-elles traites à temps ? Son paresseux de fils avait toujours de bons prétextes pour en faire le moins possible si elle n'était pas là pour le bousculer. Et quelles bêtises sa belle-fille et ses vauriens de petits-fils auraient-ils le temps de faire ? Pour ça, ah ouiche ! elle pouvait leur faire confiance ! Et où irait-elle dans cette ville qu'elle ne connaissait pas ? Elle n'avait jamais mis les pieds dans un hôtel et une femme seule qui demandait une chambre, que pensait-on d'elle ? Et la dépense ! Non ce n'était pas possible ! Les voyageurs qui commençaient d'arriver sur le quai virent avec un intérêt non dissimulé une grande femme énervée, le chapeau de travers, et un renard qui virevoltait autour de son cou, on aurait cru qu'il allait se dresser sur ses pattes, bondir et s'enfuir loin de toute cette agitation. Quand Adèle vit que la foule, sa curiosité satisfaite, montait dans le petit train, elle se calma un peu et put écouter les explications du sous-chef de gare. Ce train, qui s'appelait une micheline, l'emmènerait sans problème jusqu'à Vesoul, elle n'avait aucune crainte à avoir. Adèle se résigna bien qu'elle ne fût pas totalement convaincue par les capacités de ce train qui portait un nom de femme. Quelle drôle d'idée ! Ça, elle n'approuvait pas !

Elle prit son temps, cette fameuse micheline, et s'arrêta longtemps à Lure, la sous-préfecture comme si elle avait besoin de se reposer après tant d'efforts. Quand Adèle vit enfin la Motte de Vesoul et son clocher pointu qui émergeait des arbres, elle fut complètement rassurée. Elle était chez elle.

À midi pile, le car s'arrêta près du pont qui franchit la Rigotte. Adèle descendit. Elle s'attendait à trouver les habitués qui, à chaque passage du car, commentaient avec le chauffeur, les nouvelles collectées dans la dizaine de villages desservis. Et parmi ces pipelets, il y avait toujours le gros Aignelet qui ne manquait jamais une occasion de tailler une bavette. Mais il n'y avait personne. Elle remarqua cependant que les rideaux des cuisines étaient saisis d'un soudain et inhabituel mouvement, d'habitude, on veillait à ce qu'ils fussent parfaitement tirés afin de cacher la moindre vue sur un bout de table ou un coin de fourneau. Elle vit s'ouvrir largement le rideau de la fenêtre de cette vieille radoteuse d'Alice que ses quatre-vingt-dix ans bien tassés avaient rendue complètement bigleuse. Elle eut même la satisfaction d'apercevoir, à l'extrémité du village, la silhouette massive de la Juliette qui la prenait de haut sous prétexte qu'elle lisait des livres et employait des mots que personne ne comprenait. Quand elle eut dîné — à la campagne, on déjeune, on dîne, puis on soupe — elle raconta son périple, insistant sur son retour imprévu dans ce petit train jaune et rouge qu'on appelait micheline. Pour une fois, son « glorieux » de fils, qui savait tout mieux que tout le monde, ne souffla mot et sa belle-fille roula des yeux plus effarés que jamais. Adèle savait ce qu'elle faisait, son récit serait bientôt connu de tous, magnifié par son fils et bredouillé par sa bru qui, à son habitude, n'avait rien compris. Lorsqu'elle eut installé le Lion de Belfort sur la cheminée (chacun trouverait un prétexte pour venir le contempler) et placé sur la commode du poêle où elle couchait, la belle Alsacienne dans sa boîte de plastique transparent, Adèle soupira d'aise : vieille Cosette, elle avait pour elle seule la poupée qu'elle n'avait jamais reçue dans son enfance. Sa vie pouvait reprendre son train-train quotidien. Désormais, il y avait deux célébrités dans le village, le dernier grand maître des Templiers, qui y serait né, et la grande Adèle !

Qui est le grand méchant loup ?

On allait voir ce qu'on allait voir. Le jeune maire, fraîchement élu, avait décidé de réveiller sa commune qui somnolait depuis des lustres. C'était le plus jeune maire du département (il faut préciser que dans sa famille on était maire de père en fils) et il avait envie qu'on parlât de sa commune et de lui par la même occasion. L'idée était géniale quoique peu originale, mais pour Pisseloup, on n'avait jamais vu ça : un bal masqué pour célébrer Carnaval.

Si certaines vieilles barbes firent grise mine – dénonçant la folie d'un tel projet qui aurait convenu à une ville, et encore, une grande ville, ce n'était pas une manifestation pour un petit village comme le leur –, tous les conseillers municipaux applaudirent à cette idée qui eut un retentissement immédiat... jusqu'à la préfecture.

Trouver un orchestre n'était pas des plus difficile, les accordéonistes du dimanche et les batteurs amateurs ne manquaient pas. Restait le lieu. Le cafetier, qui possédait le dernier commerce du village, venait d'acquérir pour trois francs six sous une grande maison, un peu délabrée, juste en face de son bistroquet. On nettoya la grande pièce du rez-de-chaussée, on mit des bancs le long des quatre murs, une estrade pour les musicos et le tour était joué. On y pourrait danser tout son content, sans bourse délier, et, assises sur les bancs, en position stratégique d'observation, les mères et les mères-grand pourraient surveiller leur progéniture tout en assouvissant une curiosité endémique et perpétuellement insatisfaite. En face, au café, bien au chaud autour du fourneau, se tiendraient les pères et les grands-pères. Ils auraient pour une fois une longue soirée entre eux pour déguster qui, une gnôle maison, qui, un verre de rouge, limé pour les faiseurs de manières, qui, pour les plus argentés, une canette de bière.

Le bal aurait-il du succès ? s'interrogeait le jeune édile. N'y aurait-il que quatre pelés et quatre tondus ? Dans ce cas, ses collègues n'auraient pas fini de se moquer de lui. N'appelait-on pas les habitants de Pisseloup des « orgueilleux » alors qu'ils n'étaient que des « pouilleux » ?

Mais le maire avait tort de se faire du souci car tout le monde avait envie – à défaut de s'amuser vraiment – d'être au fait des derniers ragots et surtout de rompre la monotonie et la tristesse d'un hiver qui n'en finissait pas.

C'était le cas de Michelle Mabel. Elle avait une envie irrésistible d'aller à ce bal. L'occasion était trop... belle et pour tout dire inespérée : elle s'ennuyait tellement !

Enfant unique et adolescente solitaire, Michelle Mabel s'ennuie. Elle n'a que peu de distractions. Elle lit, se promène, aide sa mère et se rend souvent à Charmes-lès-Renoncourt pour visiter sa grand-mère qui l'adule et ne saurait se passer d'elle. Les jeunes gens de Pisseloup ne la recherchent pas et comme elle habite dans un moulin à l'écart du village, elle ne les rencontre quasiment jamais.

Lorsque Michelle apprend que sa mère est d'accord pour qu'elle aille au bal, elle n'en croit pas ses oreilles, les réactions de sa mère sont si imprévisibles ! Vite, il n'y a pas de temps à perdre, il lui faut un déguisement ! Sa mère, qui arrondit sa pension de veuve de guerre par des travaux de couture, avise un reste de tissu rouge du plus bel effet. De ses doigts de fée, elle coupe une robe qu'elle complète d'un large col châle auquel elle coud une capuche, refaisant sans le savoir l'ancien chaperon que l'on portait jadis.
- Moi aussi, j'ai envie d'aller au bal, dit la mère. Mais je suis trop vieille pour me déguiser. Quelle tenue vais-je mettre ? Donne-moi ton avis.

Michelle est aux anges. Quelle bonne soirée elles vont passer !

Dans la grande salle que l'on avait éclairée et

décorée le mieux possible, les deux accordéonistes et le batteur se donnaient à fond. Tout le village était là. Il faisait doux en cette fin de février, on sentait dans l'air comme les prémices du printemps. Décidément M. le maire avait de la chance. Les enfants étaient les rois de la fête. Lancés dans des rondes endiablées, ils faisaient un tel charivari que l'on ne s'entendait plus parler. Un observateur avisé aurait eu bien du mal à trouver quel personnage chacun d'entre eux représentait, ils avaient simplement revêtu quelques oripeaux trouvés au fond d'une armoire, mais ces parures disparates n'entamaient pas leur bonheur.

Une jeune personne arriva et il se fit un grand silence. Qui était-ce ? On la reconnut bientôt. Pas de doute, c'était la fille du moulin, venue seule, évidemment. Sa mère, une fois de plus, devait être retombée dans sa neurasthénie et incapable de faire quoi que ce soit. Quand la nouvelle arrivée s'approcha, l'assistance put admirer sa svelte silhouette moulée dans une robe rouge qui lui allait comme un gant. Elle retira sa capuche et secoua ses longs cheveux châtain clair. Bien que timide et encore déçue par la désertion de sa mère, elle s'efforça de sourire. Avec ses joues rebondies, rosies par la fraîcheur nocturne – tous durent en convenir – elle était belle à croquer !

Michelle ne dansait pas et se désolait. Elle

s'était entraînée avec sa mère qui, dans la perspective euphorique d'aller au bal, s'était laissé aller à quelques pas de danse. N'avait-elle pas été dans sa jeunesse la Reine de la valse de la ville de B** ? Puis, sans que rien ne le laissât prévoir, elle était retombée dans son apathie morbide, poussant des cris effroyables lorsque Michelle lui rappela qu'elle devait l'accompagner au bal. Malgré l'assistance nombreuse, Michelle se retrouvait toute seule, une fois de plus. Les jeunes gens venus des villages environnants la lorgnaient en douce mais n'osaient pas l'inviter. Certains n'osaient même pas danser. Ils n'étaient pas les seuls à couler des regards subreptices, la cohorte des vieux garçons (plutôt nombreux !) ne se privait pas. Dame ! ce n'est pas tous les jours qu'on a l'occasion de se rincer l'œil. Et ils préféraient rester là à mater à bon compte de la « chair fraîche » plutôt que dépenser leurs sous à boire l'infâme piquette du bistrotier. La déception qui étreignait le cœur de Michelle se changea en vif intérêt lorsqu'elle entrevit, près de l'orchestre, dans une pénombre choisie, quelqu'un qu'il lui semblait connaître. Mais oui, c'était bien lui. C'étaient bien son allure gracile, son port altier, son teint plutôt pâle et ses cheveux sombres. Il la croisait ou la dépassait au guidon de sa mobylette quand elle se promenait sur la petite route qui relie Pisseloup au château de Clairesource. Elle ne savait rien de lui sinon qu'il était le fils cadet dudit château, au pied duquel naissait le ruisseau qui autrefois alimentait le moulin et traversait Pisseloup. Comme ils étaient très éloignés l'un de l'autre, elle pouvait le regarder à son aise. Il était vraiment beau, aussi beau que les héros des romans-photos qu'elle dévorait avec avidité. Peu lui importait désormais les danses qui se succédaient et elle ne s'aperçut même pas que l'ambiance était retombée. La troupe des turbulents braillards somnolait ou bâillait. On se préparait à lever le camp.

Et tous les enfants, comme par magie, se réveillèrent. À l'entrée se tenait une créature toute recouverte de poil, avec un masque de loup. Une apparition ! Quand il s'avança de sa démarche pataude, tout le monde fut d'accord : c'était Marcel, le commis, homme à tout faire du maquignon de Charmes-lès-Renoncourt, le gros Dubail. Ces gestes gauches, hésitants, comme embarrassés pas sa taille et sa corpulence, pas de doute, c'était lui. Aussitôt les enfants l'entourèrent et se mirent à danser et à chanter à tue-tête :

Qui craint le grand méchant loup ?

C'est p't'être vous,

C'est pas nous...

Le maître à danser de la ronde folle s'enhardissant, poussé par le succès de la chanson dont les danseurs reprenaient le refrain, mena le gros et grand loup auprès du Petit Chaperon rouge et les invita à danser ensemble. Ce qu'ils n'osèrent refuser. Le loup piétinait, ses grosses bottes couvertes de fourrure écrasaient les pieds de sa cavalière. Le couple était incapable de suivre le rythme syncopé d'une espèce de fox-trot que, sans se concerter, les musiciens avaient choisi de jouer. Et la salle de rire en se tenant les côtes ou en tapant bruyamment des mains. On avait bien fait de rester. Qu'est-ce qu'on se marrait, c'était inattendu mais vraiment poilant !

À la fin du morceau, Michelle regagna dignement sa place et malgré les protestations véhémentes, presque des huées, refusa de danser avec qui que ce fût.

Les gendarmes arrivèrent avec la célérité qui est celle des gens qui ont appris une nouvelle extraordinaire. Un meurtre. Dans un petit village d'à peine plus de cent habitants. C'était à peine croyable ! Ils prirent les choses en main sous l'autorité d'un commandant réputé pour son sérieux et sa compétence. De toute façon, ils connaissaient bien tout le monde. Ils sauraient faire et on avait confiance en eux.

Le corps se trouvait dans la grange d'une ferme inhabitée, tout près du café. Quand les gendarmes virent la victime dans sa belle robe rouge, les cheveux déployés, ils ne purent réprimer un geste de désolation. Déjà tous les curieux attroupés autour du corps avaient vu les marques violacées qui marquaient son cou. Quand il fut seul avec ses hommes et le maire, le commandant poursuivit son inspection sans attendre la venue du médecin légiste, qui n'arriverait que l'après-midi, et encore, si sa vieille Simca voulait bien démarrer. D'un geste délicat, comme s'il s'excusait d'une privauté non permise, il souleva la robe. Une tache de sang maculait le jupon de linon blanc brodé. À côté du corps, un vieux manteau de fourrure mité au dos duquel on avait maladroitement cousu une queue de renard tout aussi râpée.

Le crime était signé et l'enquête quasiment bouclée. On interrogea cependant tous ceux qui étaient allés au bal. Les récits concordaient et confortaient les soupçons du commandant. On s'enquit aussi, mais rapidement car leurs déclarations étaient sujettes à caution, auprès des soiffards du café, des désœuvrés pour la plupart, qui étaient restés à trinquer et fumer bien après la fin du bal. Plusieurs furent catégoriques : Marcel avait beaucoup bu avec le fils du château qui ne cessait de lui payer des coups. Comme il avait trop chaud, il avait retiré son manteau qui était celui de la défunte mère Dubail. Pour sûr, ils l'avaient bien reconnu, il n'y avait qu'elle qui avait eu après la guerre les

moyens de se payer un manteau pareil. Marcel en tenait une bonne quand il était parti et pouvait à peine marcher, il avait mis « les chaussures à bascule ». Il avait eu beaucoup de mal à monter sur son vélo et on se demandait comment il avait pu aller jusqu'à Charmes sans tomber dans le fossé. Ah ça ! le Bon Dieu était avec les ivrognes !
- Portait-il ce manteau quand il est parti ou l'avait-il oublié ?

Là, les avis divergèrent, certains affirmaient que oui, d'autres que non, les troisièmes eurent l'honnêteté de dire qu'ils avaient, eux aussi, beaucoup trop bu pour se rappeler ce détail. Le commandant n'insista pas, on ne pouvait pas s'appuyer sur des témoignages de gens soûls comme des cochons. Il tenait son coupable. Marcel, enfant de l'Assistance publique n'aurait aucun soutien. Personne officiellement ne remettrait en cause sa culpabilité, le commandant en était certain, il connaissait son monde.
- Ce n'est pas moi, ce n'est pas moi qui l'ai tuée, je la trouvais bien trop jolie pour lui faire du mal !

Marcel, tout en niant farouchement, ne pouvait s'empêcher de pleurer comme un enfant. Mais ses cris et ses dénégations n'eurent aucun écho. Menotté et serré de près comme s'il était un criminel dangereux, Marcel se retrouva en prison.

Contrairement à ce que pensait le commandant, peu nombreux furent les convaincus de la culpabilité de Marcel : ce crime ne lui ressemblait pas, il était bien trop innocent pour ça.

L'épouse du maire, une petite femme discrète, réputée pour son bon sens et sa sagesse, ne cessait d'importuner son mari :
- Marcel n'est pas un aigle, c'est certain. Mais s'il avait commis ce crime, il n'aurait pas oublié sa fourrure à côté de cette pauvre gamine, il l'aurait fait disparaître. Je suis sûre que ce n'est pas lui le coupable. En revanche, le fils du châtelain ne me plaît pas. Quand il est là, il ne fait que rôder à travers tout le pays avec sa mobylette. On ne lui connaît aucune occupation et pourtant il pourrait aider son père qui, tout châtelain qu'il est, est endetté et n'a pas le moindre argent devant lui.

Le maire passait pour un honnête homme et bien qu'il n'en dît rien, les propos de sa femme l'ébranlaient. Il consulta son beau-père, le sénateur. Lui aussi suivait de près cette affaire qui pouvait être lourde de conséquences. Il fut formel. La victime, une pauvre fille (on ne savait qui au juste était son père, était-elle vraiment la fille du meunier ?) ne valait pas la peine qu'on demandât un supplément d'enquête tandis que le propriétaire du château était le rejeton d'une vieille famille, certes sans le sou, mais qui avait des appuis jusqu'à Paris. Le maire, après avoir longuement réfléchi, se rangea à l'avis de son sénateur de beau-père.

Marcel n'avoua pas le crime dont on l'accusait, échappa de peu à la guillotine et fut condamné à la réclusion à perpétuité. Personne ne vint jamais le voir. On avait bien trop de travail et la prison était bien trop loin. Il mourut prématurément de chagrin et de désamour de la vie. Le seul à le regretter fut le gros Dubail qui ne retrouva jamais un commis aussi travailleur, fidèle et dévoué. Pour lui, la perte était immense. La mère de Michelle sombra dans la démence et fut menée manu militari « chez les fous » d'où elle ne ressortit jamais. Le moulin tomba en déshérence. Aux élections suivantes, M. le maire fut réélu à une confortable majorité mais il avait été convenu, sans que cela fût dit, qu'il n'y aurait plus jamais de bal masqué à Pisseloup.

Épilogue

En cet été 2022, la canicule, d'un soleil ardent dans un ciel blanc laiteux, plombe le moulin. Beau comme un sou neuf, il exhibe sans retenue ses belles pierres blondes de la couleur des blés mûrs. On entend des rires d'enfants. Loin des plages surpeuplées, ils passent de belles vacances. La chaleur ne les importune pas, ils se sont approprié le ruisseau. Ils ont décidé aujourd'hui de construire un barrage et ce n'est pas une mince affaire ! Parmi eux une petite fille. Regardez-la, elle est vêtue d'un short rouge et ses yeux brillent de plaisir. Pour entrer dans le ruisseau, elle retire d'un geste gracieux ses sandales rouges elles aussi. Ses cheveux fins comme de la soie sont attachés par un large ruban écarlate.

Un Petit Chaperon rouge, avec l'insouciance de l'enfance, sourit à la vie...

Le monde de demain

Morgane, la fée détrônée

Quelle magnifique réussite ! Elle avait passé haut la main toutes les épreuves, déjoué tous les pièges. Ses efforts et sa persévérance avaient été récompensés. Morgane était sur un petit nuage. Depuis deux longues années, elle avait suivi toutes les étapes d'un programme soigneusement élaboré, sans jamais désespérer.

Tout d'abord, elle et son compagnon s'étaient mariés bien qu'ils n'en aient pas eu très envie. Ils étaient très amoureux, et cet amour partagé leur suffisait. Mais Morgane pensait que le déclarer officiellement à la société était indispensable pour son « projet ». Ce fut donc un mariage en grand tralala : somptueuse robe de mariée, toilettes élégantes, décor nuptial recherché, tous détails qui feraient d'excellentes photos sur les réseaux sociaux. Les invités avaient été triés sur le volet, on avait privilégié les personnes qui avaient de l'entregent et faisaient le buzz. Avait suivi l'incontournable voyage de noces. Pas trop loin : il fallait ménager son empreinte carbone personnelle. Corfou avec son charme suranné, sa mer aux vagues ourlées d'écume, son ciel d'un bleu éblouissant teinté de blanc par quelques petits nuages qui s'effilochaient à l'horizon, voilà qui ferait de belles photos faites à dessein pour l'entourage et les... commérages !

Ensuite, le parcours proprement dit de la combattante battante commença. La jeune mariée remplit quantité de questionnaires alambiqués, répondit aux questions indiscrètes des psychologues de l'INDD (Institut national de la démographie). Morgane qui avait beaucoup lu et beaucoup retenu – ce qu'elle s'efforçait de cacher de crainte de paraître trop différente – crut avoir affaire aux avatars de l'Inquisition du XVIIe siècle. Elle avait bon espoir et ne perdit jamais son sang-froid, montrant à tous un visage serein, une empathie de bon aloi, une conviction à toute épreuve qui la faisait partager les idées propagées par tous les médias de grande audience et les magazines féminins les plus lus. Ces compromissions lui importaient peu : elle avait obtenu ce qu'elle voulait, le droit de mettre au monde un enfant.

Vous pensez : « Tout ça pour ça ! » Eh bien oui ! Dans ce monde d'après, il était interdit, sous peine d'être mise au ban de la société, voire emprisonnée en cas de récidive, d'être enceinte sans la permission du terrible INDD. Morgane savait bien qu'il y avait eu une époque bénie où les femmes avaient les enfants qu'elles désiraient. Elle se rappelait les conversations de sa mère et de ses tantes qui, après avoir longuement commenté les nouvelles du voisinage et de la famille, évoquaient la vie de leur mère. Ces temps étaient révolus. Autres temps, autres mœurs. Morgane connaissait l'adage...

Elle attendait avec impatience son mari. Quand elle vit, ce fut le cri du cœur :
- Nous avons le droit d'avoir une fille ! Je viens de recevoir l'autorisation du Planning des Naissances Programmées.

Et Morgane sautait comme une puce, laissant libre cours à la gamine qu'elle était encore, malgré ses trente ans ! Une fille, c'était ce qu'elle espérait avec ferveur.

***

Lorsque l'enfant paraît, le cercle de la famille applaudit. Le poète avait bien raison de le dire car ce fut le cas lorsque les heureux parents fêtèrent l'arrivée d'Antigone. On sentit bien quelques réticences concernant le choix de ce prénom bizarre que personne ne connaissait. Morgane s'en expliqua mais fort brièvement. C'était le nom d'une antique héroïne qui, des siècles durant, avait été le symbole féminin de la liberté de penser et d'agir. En effet, à quoi sert la liberté de penser si elle ne se concrétise pas par des actions ? Comme les fées de jadis qui, on le dit, se penchaient sur le berceau des princesses, chacune des invitées, émues devant ce poupon rose et babillard, riche d'espoir et de promesses d'un

avenir radieux, se répandit en vœux bienveillants, sauf une. Reprenant le rôle de la vieille Carabosse, elle se laissa aller à des lamentations et des remarques inconvenantes :
- Quelle idée, ce prénom saugrenu ! Et quelle idée d'avoir choisi une fille ! Un petit-fils, voilà ce qu'il fallait pour la continuation du nom de la famille et ton pauvre père aurait été content !

C'est avec ces mots marqués par la colère et le mécontentement que la nouvelle grand-mère s'adressa au nouveau-père qui ne pipa mot. Morgane, habituée aux propos acerbes de sa belle-mère se tint coite, elle aussi. Elle était bien trop intéressée par les réactions de Siri, la nurse-robot chargée de la seconder dans l'éducation de sa fille. Cette machine, à l'apparence d'une jeune femme extrêmement affable, d'un dévouement inépuisable, devait tout surveiller, tout approuver et transmettre en continu ce qu'elle voyait et entendait à l'INDD. Voilà qui inquiétait Morgane. Sur qui s'appuyer pour déjouer l'attention de ce Big Brother infaillible, en fonction 24 heures sur 24 ? Personne ! Mais Morgane trouverait bien un moyen de déjouer cette surveillance permanente.

***

Les années qui suivirent furent une lutte intestine incessante pour échapper à la vigilance de

Siri. Certes, la nurse était parfaite, trop parfaite même. Jamais un mot plus haut que l'autre, jamais de perte de contrôle, mais jamais non plus d'effusions, de moments de tendresse qui font que la vie vaut la peine d'être vécue. Siri veillait particulièrement sur les loisirs d'Antigone : ses lectures, ses devoirs et surtout le nombre d'heures qu'elle consacrait aux écrans quels qu'ils soient et, il faut bien le dire, omniprésents. Le Ministère National de la Jeunesse (le MNJ) exigeait que la nouvelle génération, dont l'instruction coûtait si cher au Ministère National des Finances Publiques (abrégé en MFP), soit performante et ne gâche pas sa jeune intelligence en s'abrutissant avec des jeux inepts et addictifs. Comme Antigone, devenue une brillante adolescente, montrait des capacités supérieures à la moyenne, Siri fut remplacée par une gouvernante-préceptrice encore plus intelligente, à la surveillance de laquelle il était très difficile, voire impossible, d'échapper.

Pour se libérer de la pression constante, il n'y avait plus que la promenade, loisir qui, comme par hasard, connaissait un succès croissant. Quand Morgane et sa fille empruntaient les petits chemins de campagne, elles profitaient du chant des oiseaux et du murmure des petits ruisseaux zigzaguant à travers les prés aux mille fleurs et elles parlaient, parlaient, avec leurs mots, sans se demander si ceux-ci étaient ou non « appropriés ». Et ces discussions à bâtons rompus leur faisaient un bien fou : elles avaient vraiment l'impression, à ce moment-là que leur existence avait un sens. Souvent, à la belle saison, un livre interdit, caché parmi le pique-nique, faisait son apparition et la lecture à deux, commentée, déroulait ses moments rares de bonheur authentique, moments que ni l'une ni l'autre n'oublieraient jamais.

Parfois, Morgane perdait courage. Seule, le soir dans sa chambre, elle pensait à sa vie d'épouse et de mère. Son mari, las du train-train quotidien, était parti courir le monde et voir si l'herbe était plus verte ailleurs. Il n'envoyait que de brèves et sporadiques nouvelles. Pour être une mère exemplaire, Morgane avait sacrifié quelque peu sa vie de femme. La double éducation d'Antigone, l'officielle et la secrète, lui avait coûté des efforts de chaque instant. Lors de ses moments de découragement, elle regrettait même d'avoir eu un enfant. Elle n'avait pas pu tenir pleinement son rôle de mère. Malgré son prénom, dont elle était si fière, elle n'avait pas été non plus une fée du logis, à l'image de ses aïeules. Une fée sans pouvoir, voilà ce qu'elle était... Mais le sourire et le regard confiant d'Antigone avaient vite fait de vaincre ces sombres méditations. Sa fille, pleine de vie, avait des projets, elle était la relève, l'espoir que viendraient des jours meilleurs. Elle saurait certainement se montrer digne de l'Antigone mythique, princesse à jamais rebelle ! Et Morgane reprenait courage.

***

Antigone vient de fêter ses vingt et un ans, elle est devenue une citoyenne à part entière, le MNA (Ministère National de l'Adulescence) en a décidé ainsi. Elle ne dépend plus ni de ses parents, ni de sa gouvernante-préceptrice surdouée, aux connaissances illimitées. Elle est libre – apparemment. Morgane se sent soudain comme démunie, dépouillée d'une de ses principales raisons de vivre. Elle a confusément conscience que sa vie de femme vieillissante commence. Ses occupations ne lui donnent plus autant de satisfaction. Sa réussite professionnelle n'a pas été aussi éclatante qu'elle l'espérait, sans doute a-t-elle consacré trop de temps à sa fille. Sa hiérarchie pense qu'elle n'est plus aussi performante et on le lui fait subrepticement sentir. Est-ce vrai ? Elle doit s'avouer qu'elle a envie de changer d'air, de quitter cette ville surpeuplée et bruyante...

Quand une décision est prise, tout peut se passer très vite, et Morgane n'aime pas à tergiverser. Elle se retrouve dans une campagne ignorée, celle-là même qui fut le berceau de sa grand-mère. Elle n'a pas tenu compte des critiques de son entourage :

« Partir s'enterrer dans une contrée aussi éloignée, ce n'est pas très malin ni très raisonnable, surtout quand on n'est plus de prime jeunesse ! »

Morgane est lucide, elle sait que la vie à la campagne n'est pas toujours idyllique, il faut savoir surmonter une certaine solitude mais elle se sent prête. Elle sait que sa fille ne l'oubliera pas et que peut-être un jour, son mari, las d'errer de par le monde, reviendra. Pour se persuader qu'elle pense juste, elle se rappelle la mythique Pandore. « Parée de tous les dons » par les dieux et déesses de l'Olympe, (c'est la signification de son nom), elle veut connaître le contenu d'une boîte que Zeus lui a offerte et qu'il lui a interdit d'ouvrir. Elle libère alors tous les maux qui envahissent la terre entière. Au fond de cette boîte maudite, seule est restée pour venir en aide à l'humanité, l'Espérance. Et Morgane, qui n'a jamais cédé au désespoir, continue à espérer. Malgré la vieillesse qui vient, elle veut se persuader que la vie vaut toujours le coup d'être vécue.

Le monde comme il ne va pas

Antonio Portocarrero allait avoir cent ans. Un bel âge, me direz-vous. Ce n'était pas tout à fait ce qu'il pensait. « J'en ai marre ! » soupirait-il souvent.

Pourtant, s'il faisait le bilan de sa vie qui avait passé bien vite, il devait reconnaître qu'elle avait été plutôt agréable. D'abord, il n'avait pas connu la guerre, même si elle avait rôdé plusieurs années aux frontières de son pays. Il avait réussi, luxe suprême, à exercer un métier qui lui plaisait, respectant son besoin d'indépendance et son goût affirmé pour la liberté. Comme tous ses copains, il avait été amoureux de Daphné de Beaumotte-les-Pin (sans « s », s'il vous plaît), la plus belle fille du campus, qui l'avait amusé pendant des mois pour le laisser tomber comme une vieille chaussette. Ulcéré dans son orgueil de jeune mâle se croyant irrésistible – il faut dire qu'il était plutôt bien fait de sa personne et répondait aux canons de la mode de l'époque – il s'était retrouvé, en deux coups de cuillère à pot, l'époux de Suzanne Dupont, la belle Suzon, comme tout le monde l'appelait. Une belle revanche, somme toute. Peu à peu le tendre attachement qu'il ressentait pour elle s'était transformé en un amour solide que rien n'aurait pu ébranler. Sa vie avait donc été un long fleuve tranquille jusqu'à ce que deux événements presque concomitants ne fissent basculer sa vie. Suzon, la belle Suzon, était morte, emportée en quelques mois par un cancer fulgurant. Puis, après des élections brouillonnes et émaillées d'incidents sérieux, était arrivé au pouvoir un parti hétéroclite, qu'aucun expert, aussi expérimenté et vieux briscard de la politique fût-il, n'avait pris au sérieux. Ses membres s'étaient tout d'abord appelés « les Révoltés de la Terre », puis prenant conscience que le mot « révolté » pouvait effrayer le pékin de base par sa connotation révolutionnaire et pagailleuse, ils avaient opté pour « les Gardiens de la Terre ». Sans doute n'avaient-ils pas pensé que, s'il y a des anges gardiens plutôt sympathiques, il y a aussi les sinistres Gardiens de la Révolution iranienne. Mais on ne saurait penser à tout... Le nouveau dirigeant de ce parti était fermement décidé à « renverser la table ». Sa petite silhouette maigrichonne, son regard noir et sa petite moustache, tout cela laissait présager qu'il ne parlait pas à la légère. Antonio qui, par nécessité professionnelle, avait fréquenté le monde politique avec assiduité, en fut immédiatement convaincu.

Antonio ne se réjouit pas d'avoir vu juste. Pour une fois, il eût préféré se tromper. En effet tout se détériora très vite. D'abord, il y eut des coupures d'électricité, dans la journée, pour ne pas gêner les gens qui, le matin, se rendaient à leur travail et, le soir, rentraient chez eux. Ensuite, elles devinrent imprévisibles, laissant chaque passager démuni dans sa voiture électrique, immobile sur la chaussée. L'antique bicyclette fit une réapparition qu'on aurait voulue triomphale mais qui n'était que contrainte. Puis on en vint aux tuk-tuks et autres rickshaws, symboles incontestables de la tiers-mondisation. Puis, les canicules se multipliant, ce furent des coupures d'eau, très embarrassantes, elles aussi. On se croirait dans un pays émergent, maugréait Antonio. Il savait que son pays endetté, désindustrialisé, était dans une situation difficile, mais il n'en restait pas moins « comme deux ronds de flan ». Il n'aurait jamais imaginé de telles calamités, aussi était-il persuadé que les dernières mesures prises par le gouvernement, trop brutales (de vrais remèdes de cheval !) avaient précipité le désastre. Et il n'était pas le seul à partager cette pensée qui, déclarait-il avec humour, n'était pas l'apanage de vieillards ergotant et égrotants. Il sentait bien aussi que, de plus en plus, la résignation cédait le pas à une exaspération furieuse, malgré une répression policière d'abord allégée dans l'euphorie de la victoire puis rapidement renforcée et de plus en plus coercitive.

Les manifestations se succédèrent. Les plus

inattendues furent celles organisées par les femmes. Leur colère était à la mesure de leur déception. Après les élections, elles avaient d'abord montré leur radieuse satisfaction, encouragées, cornaquées par toute une cohorte d'écoféministes, elles aussi rayonnantes, fiers tribuns (on n'ose employer le féminin qui reste à inventer), à l'éloquence rodée et à la conviction chevillée au corps. Le monde d'après était enfin arrivé et on allait voir ce qu'on allait voir.

Elles virent en effet. À moins de reprendre l'antique statut de femmes au foyer, qu'encourageait discrètement le gouvernement car le chômage s'aggravait, elles se retrouvèrent confrontées à trois obligations : leur activité professionnelle, leur « allégeance à la Cause » et la maternité. C'était beaucoup pour une seule femme.

Certaines, admirables, dignes de la plus grande reconnaissance de la société, acceptèrent leur nouvelle vie où les tâches de toutes sortes ne manquaient pas, tant s'en faut ! Des langues de vipère n'hésitaient pas à les comparer à des fourmis, travaillant sans cesse, d'autres, plus amènes, leur concédaient une comparaison plus valorisante, en disant qu'elles étaient semblables aux abeilles, indispensables hyménoptères, trésors de la biodiversité. Car il était vivement recommandé, pour économiser l'eau si précieuse et l'électricité si chère, d'employer avec parcimonie tous les appareils qui, naguère, facilitaient la vie : lave-vaisselle et machines à laver, tous appareils qu'il fallait ménager pour éviter de les remplacer et accroître la pollution. D'ailleurs, il ne fallait pas y songer, les appareils neufs, importés de Chine, étaient rares et valaient une fortune.

D'autres, s'autorisant de la parole officielle qui avait érigé le partage des tâches ménagères en obligation indiscutable, menaient un combat permanent avec leur compagnon pour faire respecter cette quasi-loi que tous approuvaient – publiquement. Dans l'intimité des foyers, c'était une autre histoire. « S'occuper des enfants, jouer avec eux, à la rigueur surveiller leurs devoirs, mais laver les couches de bébé (les couches à jeter étant strictement interdites) pouah ! non merci. » ...

Une minorité de femmes qui avaient compris qu'elles avaient fait un marché de dupes, décida de ne plus faire d'enfants. Sous prétexte de sauvegarder la planète de la démographie galopante dans certaines parties du monde, elles s'assuraient, les fines mouches, une vie à peu près acceptable. Et maintenaient ainsi une apparente « allégeance à la Cause » !

- Ah ! ruminait Antonio, la vie a bien changé. La ville que j'aimais tant est méconnaissable et inutile de me rappeler que les vieux de toutes les époques pensent que c'était mieux avant, je peux le démontrer aisément ! Que sont devenues les terrasses noires de monde ? Le café coûte un bras et trop souvent, il est imbuvable ! Si l'on excepte les longues queues devant des magasins vides à cause du blocage des prix, les rues sont désertes et silencieuses quelle que soit la météo. Et je préfère ne pas parler du marché noir qui se développe bien plus vite que le civisme dont notre président dans ses discours-fleuves nous rebat les oreilles. Et les loisirs ? Ce n'est que peau de chagrin, avec la censure, et cette inquisition qui semblent s'instaurer partout et tout contrôler, le cœur n'y est plus. Pauvre jeunesse, comme je la plains ! Je suis sûr que les arrestations d'artistes, d'intellectuels et de journalistes ne vont pas tarder, ils seront accusés d'avoir trahi « l'allégeance à la Cause » et seront sévèrement condamnés. J'ai le nez creux et me trompe rarement dans ce domaine. Ah ! je préfère mourir que de voir ça !

Antonio Portocarrero exagérait. Voilà ce que pensaient les quelques relations qui lui restaient. Il gâtifiait et devait cesser de ressasser ses souvenirs qui finissaient par altérer une santé remarquable pour son grand âge.

Certes, en une quinzaine d'années, les villes avaient bien changé. Plus de panneaux publicitaires tape-à-l'œil qui incitent à la consommation, (on tolérait cependant une publicité « de bon goût » car elle rapportait gros aux médias à la solde du gouvernement!). Plus de vitrines alléchantes, le lèche-vitrine n'était plus à la mode. Plus d'enseignes lumineuses aux couleurs bariolées : on pouvait désormais contempler les étoiles la nuit et y lire un avenir plein de promesses d'une vie saine et sobre. Les zones commerciales, ces verrues qui enlaidissaient l'entrée de toutes les villes, étaient à l'abandon. On ne pouvait que regretter qu'on n'eût pas l'argent nécessaire à leur destruction. Les restaurants, les théâtres, les cinémas, les boîtes de nuit n'ouvraient que par intermittence. Antonio racontait à qui voulait bien l'entendre que cette situation lui rappelait les confinements de sa préadolescence, dus à un virus dont il avait oublié le nom. Comme l'enseignement – particulièrement celui de l'histoire même récente – s'était effondré, personne parmi les jeunes n'avait eu connaissance de cette longue pandémie, une des causes du marasme actuel. D'ailleurs, le mot d'ordre officiel était : « Du passé faisons table rase ! ». Seuls comptaient le présent et surtout l'avenir qui serait radieux dans une société respectueuse de la Nature.

Et pour que cet état de grâce advienne le gouvernement se démenait. Pour les apparatchiks qui le composaient l'expression latine « Panem et circenses » était toujours d'actualité. Il fallait donc songer à distraire le bon peuple tout en respectant « l'allégeance à la Cause ». On inventa de nouvelles fêtes pour remplacer les anciennes qui incitaient toutes à la surconsommation. On s'attaqua d'abord à la plus populaire, Noël. Elle avait perdu depuis longtemps tout caractère religieux : un certain vieillard barbu, vêtu de rouge et se déplaçant – très écologiquement – en traîneau conduit par des rennes, avait vaincu par K.-O. un enfançon né dans une crèche. Cette fête n'était plus qu'une débauche de nourritures extravagantes (le foie gras d'oie ou de canard en était le symbole), et de jouets fabriqués à l'étranger, vite cassés ou bientôt délaissés par les enfants qui, se souvenait Antonio, préféraient leur « tablette » ou leur téléphone portable.

Sans consulter quiconque, le président, élu à vie, décréta que, dorénavant serait célébré au solstice d'hiver « la Dormition de la Nature ». Le mot « dormition » avait plu en haut lieu et le jeune loup qui l'avait trouvé, promis à un bel avenir, fut chaleureusement félicité. Ce mot qui désignait le dernier sommeil de la Vierge Marie avant son entrée au ciel, était vraiment « d'une religiosité de bon aloi ». Chaque saison eut ainsi sa fête. Au printemps, c'était « la Renaissance de la Nature » au cours de laquelle tous les écoliers du pays étaient exhortés à aller, en grande pompe, semer des graines variées et bios dans les jardinets de la cour de récréation. On dédia l'été aux espaces naturels avec une prédilection pour la plage. « La Bienfaisance de la Nature » était née, qui resserrait les liens entre le genre humain et son environnement. En automne, avec « les Présents de la Nature » c'était l'apogée, on célébrait avec de beaux discours mais avec une retenue qui excluait tout bling-bling de mauvais goût toutes les récoltes sans oublier celles de la vigne dont les vins étaient si nécessaires à l'équilibre fragile de la balance commerciale. Les antiques fêtes du monde agricole étaient remises au goût du jour sans qu'on s'en aperçût. Malgré des efforts considérables et une publicité omniprésente, le président eut la surprise de constater que ces fêtes n'avaient pas le succès escompté. Il tança vertement les membres de son cabinet, leur reprochant de méconnaître la psychologie des foules. Il précisa même que, s'ils avaient eu deux sous de jugeote et un peu de culture, l'échec de « la Fête de la Raison » de Robespierre aurait dû les faire réfléchir et les inciter à trouver des distractions plus attrayantes et plus proche du « bon peuple » qui l'avait élu. Et le président en profita pour changer de Premier ministre, lequel depuis quelque temps lui tapait sur les nerfs.

Antonio s'ennuyait ferme. Enfant solitaire, il s'était ennuyé quelques fois durant sa prime enfance. Il se rappelait les « mémère, je m'ennuie ! » qu'il adressait à sa grand-mère, pendant les « grandes vacances », particulièrement les jours de pluie, encore nombreux à cette époque, durant laquelle on redoutait les étés pourris. Mais l'ennui qu'il ressentait n'avait rien à voir avec cette inaction enfantine. C'était un ennui sans espoir, qui ne s'achèverait qu'avec la mort. D'ailleurs, il lui semblait bien que la camarde, sans pudeur et sans permission, s'était invitée dans sa vie. Les nuits d'insomnie anxieuse, il avait cru décerner sa silhouette anguleuse et encapuchonnée assise au chevet de son lit. Et ses relations qui lui reprochaient de vivre dans ses souvenirs ! Que lui restait-il pour occuper son existence ?

Eh bien si, il lui restait quelqu'un ou plutôt quelqu'une, qui avait fait dans sa vie une apparition météorique : son arrière-petite-nièce Marie-Anne, (qu'elle écrivait « Marianne », les prénoms composés étant jugés chichiteux et complètement démodés). Méfiant, Antonio l'avait d'abord suspectée d'être intéressée et de lorgner le beau petit pécule qu'il avait réussi à mettre de côté. Ses soupçons se dissipèrent très vite : Marianne, dont il ignorait l'existence, était le dernier cadeau que lui envoyait la vie, cette rusée, qui surprend toujours ses adorateurs, même les plus précautionneux. Et quel cadeau somptueux, il n'en revenait toujours pas...

Marianne, jolie comme tout, avait en quelques semaines, conquis le cœur d'Antonio. Feu follet toujours en mouvement, elle arrivait à l'improviste, venant on ne sait d'où et repartant vers une destination inconnue. Antonio l'attendait comme il avait attendu les rendez-vous de Daphné de Beaumotte-les-Pin. Avec la même impatience fébrile. De peur de la perdre, il n'osait l'interroger ou alors de manière indirecte. Les quelques renseignements qu'il avait obtenus l'avaient convaincu qu'elle était en liaison avec un groupe de jeunes gens épris de liberté qui, ayant pris le maquis, s'opposaient au gouvernement. Marianne voyageait beaucoup, parfois avec toutes les autorisations officielles mais souvent clandestinement. Un ami lui avait fabriqué un tout petit appareil photo indétectable mais très perfectionné. C'est ainsi qu'elle lui avait montré des photos très précises des campagnes du pays, très différentes de celles, léchées, ordonnées, bien peignées, que l'on voyait dans la presse et les médias : les lieux que pouvait visiter, après permission dûment octroyée, « le bon peuple » durant la fête des « Présents de la Nature ».

Antonio découvrit la réalité. Un coup de poing dans l'estomac. Les prairies des plaines et des montagnes n'existaient plus. Aucun troupeau de vaches ou de moutons ne les entretenait plus. Ce n'était que broussailles, ronces, taillis enchevêtrés, résineux dégénérés, invasifs et incontrôlés, qui menaçaient la qualité et la diversité des herbages de naguère. Une désolation. Et Antonio, comme pour oublier les images qu'il venait de voir, de raconter à Marianne les estives qu'il avait connues : l'impatience des vaches et des moutons qui attendaient de retrouver les frais alpages, celle des chiens qui, fiers de leur savoir-faire, ne quittaient pas le troupeau, la joie des habitants et des spectateurs – c'était une véritable mise en scène des bergers renouant avec une tradition plus que séculaire. Marianne aurait bien aimé vivre ces moments de plaisir partagé et authentique.

- Et, il n'y a pas que les prairies qui posent problème, les forêts, les unes après les autres, sont interdites aux promeneurs. Entourées de fils de fer barbelés, elles sont gardées par des hommes en uniforme vert, se confondant avec les feuillages et indétectables pour un quidam qui aurait réussi à y pénétrer. Elles sont précieuses et doivent être protégées, ne sont-elles pas, dixit notre président, nos premières cathédrales, les vraies cathédrales, soit dit en passant, tombent en ruine..., s'exalta Marianne.

- Certes, Chateaubriand aimait à comparer les hautes futaies aux merveilles du gothique, l'interrompit Antonio, mais on ne demande pas à un homme d'état de donner dans le mysticisme. Il se prend sans doute pour le messie d'une religion qu'il rêve d'imposer : l'adoration de la Nature. Ce n'est pas une nouveauté. Dans les temps préhistoriques, on adorait la Grande Déesse, la Terre-Mère qui réclamait pour favoriser

les récoltes de nombreux sacrifices. Cette nouvelle divinité, elle aussi, ne va pas tarder à réclamer son quota d'offrandes et exigera bientôt des boucs émissaires ... Au fait, as-tu entendu parler de ces gens connus qui disparaissent des écrans et des réseaux sociaux et ne réapparaissent jamais. On ne les voit plus nulle part, ils ne sont plus sur aucune photo ni sur aucun registre d'état civil, c'est comme s'ils n'avaient jamais existé. C'est inquiétant, non ? Qu'en penses-tu ?
Marianne ne répondit pas. À son habitude, elle se leva d'un bond :
- Tu as vu l'heure, je vais être en retard.
Et elle avait déjà franchi la porte. Le bruit de ses pas dans l'escalier s'éteignait.

***

Le temps avait perdu son élasticité. Il s'étirait, presque immobile, donnant à Antonio un avant-goût de l'éternité qui l'attendait. Il se désolait, s'exaspérait : Marianne n'était pas revenue. Elle s'était comme évanouie dans la nature.

En revanche, vint une lettre de la mairie, inattendue et d'une bienveillance suspecte. M. le maire et tous ses conseillers proposaient à Antonio de fêter officiellement son anniversaire au cours d'une manifestation qui réunirait les habitants de la ville, tous prêts à lui manifester une sympathie des

plus sincères et des plus légitimes. Antonio, qui ne pensait qu'à Marianne dont la présence pleine de vie illuminait sa vieillesse (il avait eu à peine le temps d'apprécier ce cadeau du ciel qu'on lui avait trop vite repris), entra dans une violente colère :
-Ah ! je le vois venir, ce beau monsieur qui a passé sa vie à retourner sa veste. Il a les dents longues, à rayer le parquet. Un centenaire dans sa commune, quelle aubaine ! Au moment où l'espérance de vie diminue à cause des dysfonctionnements du système de santé et du nombre croissant de suicides. Je ne veux en aucun cas lui servir de caution, d'autant plus qu'il soutient désormais ce gouvernement qui ne sait qu'interdire et nous mènera à la ruine. Qu'il garde ses discours pleins de mots creux et de termes anglais qu'il emploie pour être à la mode, alors qu'il est bien incapable de former une phrase dans la langue de Shakespeare !

Il se coucha et feignit d'être malade. En vérité, si l'indignation qu'il ressentait était sincère, il ne se sentait pas très bien. Devant son refus véhément, le maire, craignant que sa responsabilité ne fût mise en cause si « son » centenaire décédait, abandonna la partie.

- Je l'ai échappé belle ! pensa Antonio, un peu requinqué. Mais cette embellie ne dura pas, Marianne ne donnait toujours pas signe de vie. Il fallait prendre une décision. Antonio ne pouvait pas rester à l'attendre sans rien faire, c'était contraire à sa nature.

Un beau jour, Antonio prit le train. On le vit sur le quai redresser sa frêle silhouette. On se rappela qu'il était très élégant, d'une élégance un peu datée, bien sûr. Antonio ne réapparut pas et personne n'eut de nouvelles. Avait-il cherché à entrer en contact avec les amis de Marianne ? Il avait évoqué l'existence de ce maquis avec un vieil ami en qui il avait confiance, et cherché à le localiser. Il avait cru reconnaître l'endroit où se cachaient les terroristes, comme on les appelait officiellement, d'après les photos que Marianne lui avait montrées. C'était un lieu depuis longtemps déserté, loin de tout et difficile d'accès. Peut-être s'était-il rendu dans un pays frontalier, dans une clinique où l'on pratiquait le suicide assisté. Cette seconde hypothèse paraissait la plus probable à tous ceux qui avaient connu Antonio. Bien qu'il fût connu du monde des journalistes et des hommes politiques, personne ne signala sa disparition. On avait bien d'autres préoccupations. Des attentats venaient de dévaster la Cité interdite et tuer un nombre considérable de visiteurs. Déjà les médias affirmaient que les auteurs étaient des membres du Front de libération de Taïwan, que la Chine occupait depuis une décennie. Une guerre mondiale se profilait à l'horizon. La disparition inexpliquée d'un vieux barbon atrabilaire qui avait refusé de fêter son centenaire ? La belle affaire !

En fait, Antonio Portocarrero ne voulait plus subir. Il avait enduré la maladie de Suzon, son bel amour, anéantie par le cancer, ce crabe funeste, souffert plus qu'il ne l'avait avoué aux quelques amis qui lui restaient, de l'étrange disparition de Marianne et quelque chose lui disait que cette disparition était définitive, il avait le nez creux et soupçonnait que bien des choses étranges pour ne pas dire funestes se passaient. La perspective d'un anniversaire travesti en cérémonie des plus officielles avait déclenché chez lui une saine colère – existentielle –, qui n'était pas celle d'un vieillard caractériel mais celle d'un homme libre envers et contre tout. C'était l'épisode de trop, il n'était pas une marionnette. Pour railler la publicité qui, pour faire chic, ne s'exprimait qu'en anglais, il marmonnait à part lui : « Too much is too much ! », et souriait de sa trouvaille comme un gamin qui aurait fait une farce... Mais désormais, fini de rire, il était plus que temps de prendre une décision. Lui, Antonio Portocarrero, amoureux de la vie, épris de liberté, se devait de garder la main, fût-ce pour un ultime choix : quitter ce monde qui ne lui convenait plus.

Le pouce et l'oreille de Darwin

Les médias, quels qu'ils fussent, s'étaient tus. Ils avaient tout fait afin que rien ne transpirât. Sur les réseaux sociaux désormais tout-puissants, les accros du tweet compulsif avaient bien lu quelques lignes, peu détaillées, qui les avaient laissés stupéfaits et quasi pétrifiés. Ils n'osaient y croire : la nouvelle, si elle s'avérait, était une bombe...

Il fallut pourtant se rendre à l'évidence car la réalité s'imposait, incontestable, cette réalité qu'on ne voudrait pas voir mais qui finit toujours par rattraper tout un chacun.

Les sages-femmes, les premières, donnèrent l'alerte. Leur instinct de mère, qu'elles aient ou non des enfants, était blessé par ce qu'elles voyaient depuis quelque temps. Elles ne pouvaient se taire plus longtemps. Tant pis pour leur carrière ! Et l'affreux secret n'en fut plus un.

Fini le temps des adorables poupons dont le cercle de famille attendri se demandait s'ils ressemblaient à papa, à maman, voire au grand-père ou à la grand-mère ou pourquoi pas, quand il s'agissait d'une petite fille, à une arrière-grand-tante ayant été, naguère, une reine de beauté. La grande majorité des bébés qui voyaient le jour dans des maternités ultramodernes, enfants désirés par des parents aimants, qui seraient dorlotés, gâtés, pour ne pas dire pourris, naissaient avec d'étranges particularités que les hommes de science ne s'expliquaient pas, mais alors, pas du tout.

Les petits garçons présentaient presque tous des pouces d'une incroyable longueur. Cette dimension exceptionnelle allait certainement les gêner dans leurs mouvements de préhension, cette évolution capitale, fondamentale pour le genre humain. Seuls quelques-uns avaient un pouce de taille normale, mais – on le verrait plus tard – ce doigt pourrait grandir démesurément durant leur adolescence.

Quant aux petites nouveau-nées, moins nombreuses que les garçons maintenant que les futurs parents pouvaient choisir, en toute légalité, le sexe de leurs enfants, elles présentaient, pour la grande majorité d'entre elles, une oreille nettement plus grande que l'autre. Les pédiatres, alertés, avaient constaté, incrédules, qu'il s'agissait de l'oreille droite pour les droitières et de la gauche pour la minorité, les gauchères. Les malheureuses ambidextres, encore plus rares, exhibaient deux longues oreilles qui auguraient la triste perspective d'une liste de surnoms des plus désagréables quand viendrait pour elles le temps de l'école puis du collège. Bonjour le harcèlement ! Quelques petites filles avaient des oreilles normales, mais comme les pouces des petits garçons, elles grandiraient peut-être au fil des ans. Des parents que l'anomalie de leur fille attristait beaucoup, et qui surveillaient de près leur progéniture, s'étaient aperçus que le premier mot du bébé n'était ni « areuh, areuh », ni « papa », ni le péremptoire « non ! », mais un mot inconnu, un long « tèou », sur le mode interrogatif. Ils en firent part au monde médical mais on les pria doctement de rester à leur place de géniteurs nourriciers quand on ne leur rit pas au nez. Cette fin de non-recevoir retarda gravement une prise de conscience générale du phénomène.

Cependant, la nouvelle, tel un tsunami, dévastait tout sur son passage. Bientôt tout le pays fut sens dessus dessous. Sur les réseaux sociaux, les ondes, les écrans, une armée d'experts réels ou autoproclamés, se déchaînèrent. On s'insulta, on s'étripa, on se traita. Des centenaires que les médias — à bout d'arguments pour prolonger le buzz — ressortirent de leur maison de retraite, vinrent raconter que ces événements leur rappelaient une longue épidémie qui avait failli ruiner le monde entier au début du siècle.

- Ce que je vous raconte est vrai, vous pouvez me croire, je ne radote pas, disait tranquillement une voix chevrotante. Mais en ce temps-là, on savait se tenir, on se respectait, on ne se menaçait pas officiellement de mort à l'antenne, en sortant une arme sur le plateau télé, comme c'est le cas aujourd'hui !

Et logiquement, après de telles révélations, on en vint à parler de maladies. Des cohortes de jeunes gens et jeunes filles « panélisés » furent soumis à toute une batterie de tests, d'examens, d'analyses. Le constat fut sans appel : cette belle jeunesse pétait de santé. Quelques grincheux soulignèrent cependant une tendance à un surpoids dû à une trop grande sédentarité et à un manque d'appétence pour l'activité physique. L'obligation d'un vaccin évoqué par des hygiénistes purs et durs n'aurait qu'une seule conséquence : diviser la société et envenimer de plus belle les relations entre des gens qui se voyaient comme les plus civilisés du monde. On abandonna donc la partie...

Après qu'on eut constaté que ces anomalies concomitantes avaient sans doute une origine commune, vint le moment, redouté mais inévitable, des gourous et des Grands Maîtres de sectes de toutes sortes, fantaisistes parfois, épouvantables, souvent. On évoqua Satan et ses suppôts. On parla d'exorcismes. Il y avait ce mystérieux « tèou ? », dont il fallait désormais bien tenir compte puisqu'il était le premier mot rabâché, dès le berceau, par toutes les petites filles aux oreilles déformées. Il était devenu une espèce de mot magique que l'on essayait de décrypter. En vain. Il faisait le désespoir des phoniatres, des orthophonistes les plus diplômés. Les sémiologues, quant à eux, y perdaient leur latin. Et ce n'est pas tout ! Les petites filles à l'oreille gauche hypertrophiée en tracassaient plus d'un. Ce qui est sénestre, à gauche, est mauvais, menaçant, fait craindre la mort, car ce mot qui a aussi le même sens que sinistre, est un terme de mauvais augure. On se demanda si ces créatures n'étaient pas de futures sorcières. Aussi les plus convaincus des pouvoirs de la magie noire préconisaient-ils le retour aux rites propitiatoires et pourquoi pas aux nécessaires boucs émissaires, voire aux sacrifices humains. Le délire généralisé s'installait. Un retour fatal vers les siècles obscurs s'annonçait...

Pendant ce temps, tandis que l'économie s'effondrait, que le pays s'appauvrissait, les enfants entraient dans l'adolescence. Ils étaient en pleine forme. Ils se trouvaient bien chez leurs parents et ne montraient aucune hâte de les quitter, ils se laissaient doucement vivre. Rien, apparemment ne les intéressait. Rien ? Ils n'avaient pourtant pas l'air de s'ennuyer, la dépression ne semblait pas « être leur truc ». À quoi occupaient-ils donc leur temps ?

Les garçons activaient frénétiquement leurs pouces sur des tablettes devenues si attractives qu'ils avaient du mal à s'en séparer, même la nuit. Elles tenaient lieu de petites amies, reléguant les joies ou les chagrins d'un premier amour devenu aussi extravagant que s'il ne faisait plus partie de leur monde. On aurait pu croire qu'ils étaient victimes d'un charme occulte, jeté par un génie maléfique, tels les héros des livres, B.D., mangas de jadis. Beaucoup en oubliaient de manger et ne sortaient plus de leur chambre.

Les filles étaient pendues à leur téléphone, narrant les détails les plus infimes de leur vie pourtant d'une banalité évidente. Elles prenaient aussi des photos qu'elles envoyaient immédiatement aux réseaux sociaux. Quel genre de photos, vous demandez-vous ? Des photos de leurs petites personnes, bien sûr, quelle idée ! C'était l'avènement tout à la fois du narcissisme revendiqué et de la vacuité sans complexes. C'était le règne non pas de l'être mais du paraître. Pourquoi pas, après tout ? Mais comment se faire remarquer, donner le ton par une apparence originale, singulière ? Il fallait suivre, ou mieux encore, créer la mode. On achetait, revendait, achetait de nouveau des fringues peu chères, que l'on mettait à peine. Qui fabriquaient ces vêtements bon marché ? et dans quelles conditions ? Ces questions, on ne se les posait pas.

Cet état de choses aurait pu durer longtemps. Le temps s'effilochait, terne et moche, dans ce monde en déliquescence, quand un nouvel avatar d'Archimède, d'une voix vibrante, clama : « Eurêka, j'ai trouvé ! »

À croire que la Providence jetait de temps en temps un œil sur ce monde chaotique pour avoir imaginé un tel homme : un père qui adulait sa fille et ne se résignait pas à la voir grandir, défigurée par une oreille droite géante, doublé d'un savant féru de linguistique. Il avait entendu les « tèou ? » qui débutaient toujours les innombrables conversations de son enfant au téléphone. Que signifiait cet étrange borborygme, tenant lieu de bonjour ou de toute autre marque de civilité ? Sa nièce, gauchère, l'oreille sénestre agrandie, avait la même habitude et employait le fameux « tèou ? » plus d'une dizaine de fois par jour. À force de réflexion, ce fut, enfin, pour lui, la Révélation. « Tèou ? » signifiait une interrogation de pure forme : « T'es où ? » pour la plupart de ces jeunes personnes qui partageaient leur vie essentiellement entre un établissement scolaire, le centre-ville et le logement parental. Dès lors, on comprit les causes, pourtant évidentes mais qu'on se refusait à voir, de ces transformations darwiniennes et genrées, le portable, commun aux frénétiques pianoteurs sur clavier, souvent taciturnes, voire mutiques et aux inlassables téléphonistes, bavardes débridées. Restait à trouver le remède, tâche colossale. À moins de prendre des mesures draconiennes et... impopulaires.

Une petite bonne femme aux cheveux châtain clair souples et brillants, la vivacité d'un feu follet et la trentaine déterminée. Depuis un mois, elle est omniprésente dans tous les médias. Nulle ne l'a vue venir, on dirait qu'elle est apparue d'un coup de baguette de bonne fée marraine. Elle mène sa campagne tambour battant car, voyez-vous, elle se présente aux élections au poste du pouvoir suprême. Elle caracole en tête de tous les sondages. Pourtant son programme ignore la démagogie. Son obsession, c'est la jeunesse et son indifférence, son narcissisme, son manque de vrai goût pour la saveur de la vie, pour la réelle beauté du monde. Pour qu'elle redevienne plus curieuse, intéressée et active, la candidate a décidé de limiter l'emploi du portable, cette durée permise sera définie par les autorités compétentes. Les parents, d'abord vent debout contre cette atteinte manifeste à la liberté privée, ont dû en convenir : le bonheur véritable de leurs enfants est à ce prix.

Le jour de l'élection, il fait un temps superbe. Pourtant, des files interminables d'électeurs et d'électrices attendent pour voter. C'est bon signe, la candidate préférée des sondages va être élue, c'est sûr.

Une jeune personne qui vote pour la première fois, ça se voit, attend son tour devant les isoloirs tous occupés. Soudain, son téléphone sonne. Plus preste que le plus preste des prestidigitateurs, elle s'en saisit, le colle à son oreille (on croirait presque qu'il s'y encastre !) et dans le silence de l'après-midi, on entend un péremptoire quoique peu original « Tèou ? ». Certains dans la file d'attente échangent des regards entendus : la tâche sera rude ...

Le monde intemporel des mythes et des contes

Le chasseur chassé

(Actéon est un jeune homme orgueilleux, qui consacre tout son temps à la chasse. Un jour, il voit ce qu'il ne doit pas voir : la nudité de Diane, la déesse de la chasse. Il doit être puni et le châtiment sera terrible...)

De hauts arbres touffus, quasi impénétrables entouraient une clairière. Un vaste bassin où s'épanchait une source qui ne tarissait jamais en occupait le centre. Ce paysage idyllique retentissait de cris, on s'interpellait, on riait, on jouait à la balle, à cache-cache, on se poursuivait dans des courses sans but qui, à peine commencées, s'arrêtaient déjà. Cette gaieté forcée, un peu factice cachait tant bien que mal l'attente. L'attente de qui ? De la divine maîtresse. Toutes ces belles jeunes filles, sveltes et gracieuses avaient consacré leur jeunesse à Diane, la déesse court-vêtue, protectrice des animaux sauvages (bien qu'elle fût une ardente chasseresse), qui ne badinait pas avec les principes. Pour elle, déesse lunaire et ombrageuse, ces nymphes des sources et des bois avaient renoncé à l'amour, à la maternité. Elles lui étaient entièrement dévouées, d'une fidélité absolue et sans tache.

La déesse arriva enfin, fatiguée et heureuse. Elle avait parcouru vallons et collines, à la poursuite d'une harde de cerfs et de daims. Elle aimait courir en leur compagnie et quand elle avait choisi une proie, jamais sa main ferme et sûre ne bandait son arc pour rien. La flèche acérée atteignait le cœur, épargnant à l'animal d'inutiles souffrances.

Les nymphes se précipitent. La déesse s'est débarrassée de ses flèches et son carquois. Elle délace sa ceinture, retire son chiton et ses sandales. Sa servante préférée se saisit du précieux croissant de lune en or qui orne ses cheveux épars qu'elle relève en chignon, et verse sur ses nobles épaules une amphore pleine d'une eau que le volcan tout proche a tiédie. Alors, Diane qui règne sur ces bois apprécie pleinement son bonheur, elle a bien raison, pense-t-elle, de fuir les hommes brutaux et violents, seule la forêt profonde, ses sources, ses grottes et les animaux qui la peuplent lui agréent...

Actéon était jeune et insouciant. Son père Aristée, dont le nom signifiait « le meilleur » était vraiment le meilleur des pères. Comme il voyageait souvent, il avait confié son fils à son ancien précepteur, Chiron, le roi des centaures. Sage et érudit, ce dernier avait appris à son élève tout ce qu'un jeune prince de divine ascendance, promis aux honneurs et à la gloire, devait savoir. Mais Chiron en excellent pédagogue savait que les études doivent être entrecoupées de moments de loisir. Et quelle était l'occupation préférée d'Actéon ? La chasse. Il faut dire qu'il avait de qui tenir. Sa grand-mère Cyrène, chasseresse redoutable, n'aimait ni filer, ni tisser et la gouvernance d'une maison ne l'intéressait pas. Le gynécée, très peu pour elle ! Subjugué par ses goûts peu communs et sa grande beauté, Apollon s'éprit d'elle et comme dans les contes de fées, ils furent heureux (un moment) et eurent plusieurs enfants, c'est ainsi que le jeune Actéon pouvait se vanter d'avoir Apollon pour grand-père, ce qui, vous en conviendrez, n'est pas le cas de tout le monde !

Actéon marchait dans la forêt. Il ne le savait pas mais le Destin marchait à côté de lui. La Mort, déité insatiable elle aussi, le guettait derrière les fourrés inextricables qui ralentissaient ses pas. Il marcha longtemps. Lorsqu'il s'aperçut que le soleil déclinait et se préparait à enflammer le couchant, Actéon dut admettre qu'il s'était perdu. Il voulait rejoindre ses compagnons de chasse ou regagner la grotte dans laquelle il s'était installé avec Chiron et ses chiens. La forêt s'assombrissait. Les arbres, de plus en plus grands et de plus en plus serrés formaient comme un dôme au-dessus de lui, c'est tout juste s'il voyait le ciel. Pourtant, il avançait plus vite, il lui semblait que les branches s'écartaient pour faciliter son passage, et se refermaient en un taillis hostile aussitôt qu'il était passé.

Quand il la vit, sortant de l'onde, c'était trop tard : il avait vu ce qu'il ne devait pas voir. Devant l'éblouissante nudité de la déesse, il se tient immobile, sidéré par un désir qui ne dit pas son nom. Les nymphes, interdites, semblent des statues que Diane domine de sa haute taille. Puis des cris indignés se font entendre, brisant le silence de la forêt. La divine se ressaisit, impose le silence. De sa main elle puise un peu d'eau, elle asperge le malheureux chasseur et lance :
- Va-t'en donc, si tu peux, te vanter de m'avoir vue sans voile !

Actéon reprend ses esprits. Il va s'enfuir loin de la scène interdite. Il va s'en sortir, n'a-t-il pas hérité du courage de ses divins ancêtres ? Mais il sent que son corps change, ses bras s'allongent, ses jambes s'affinent, de sa tête sortent de grandes ramures et sa peau s'épaissit en un cuir tacheté. Il veut dire son malheur, mais le Destin est cruel, il doit s'accomplir, Actéon ne peut plus parler, un brame désespéré, d'une tristesse inouïe, résonne dans le crépuscule. Actéon court, plus vite qu'il n'a jamais couru, il a compris, la cruelle déesse lui a laissé toute sa lucidité, il est devenu un grand et vigoureux cervidé et la crainte innée de la bête remplace à présent dans son cœur l'indubitable courage qui le distinguait de ses compagnons.

Alors qu'il atteint l'orée de la forêt, Actéon entend des aboiements. Il les reconnaît, ce sont ceux de ses chiens bien-aimés. La meute est redoutable, entraînée par des piqueurs qu'il a choisis avec soin. Actéon, de chasseur, est devenu chassé. Jamais ses chiens n'abandonneront la partie, il les connaît bien.

Le carnage commence. Les chiens se jettent sur lui, le mordent, enfonçant profondément leurs crocs dans la chair, le lacèrent de leurs pattes griffues, le déchiquettent. Ils sont tenaces et féroces, ils ont été dressés pour ça. Un seul chien, étrangement, se tient à l'écart : Agrios, « le Sauvage », le chef de la meute, le préféré d'Actéon qui ne saurait chasser sans lui. D'ailleurs le chien l'accompagne partout, et quand son maître le quitte, son regard inquiet le suit aussi longtemps qu'il le peut. L'excitation de la meute a gagné les compagnons d'Actéon. La voix joyeuse, ils l'appellent :
- Actéon, Actéon, viens vite, les chiens ont débusqué une bête superbe, nous ne rentrerons pas bredouilles ! Actéon, Actéon, dépêche-toi !

Et tous de s'interroger :
- Mais où est-il ?

Actéon aimerait bien signaler sa présence mais le Destin est le plus fort, Actéon le sait, Chiron lui a enseigné la puissance inflexible et inévitable de cette force obscure, venue de la nuit des temps, qui soumet les dieux et les hommes. Il sait qu'il va mourir. Il agonise… Actéon est mort.

Dans la grotte, les chiens pleurent, le maître leur manque. Chiron est embarrassé. Comment les consoler ? Le centaure n'est pas qu'un grand savant, il est quelque peu artiste et magicien. Il réfléchit. On représente les dieux tout-puissants par des statues qui les incarnent et possèdent leurs pouvoirs divins. Ne les prie-t-on pas ? Ne leur offre-t-on pas des sacrifices ? Vite, il se met au travail et, à la lueur des torches, façonne dans l'argile une image d'Actéon endormi. Les chiens, comme apaisés, cessent de gémir et se couchent autour de la statue. Le lendemain, Chiron s'en va, emmenant la meute avec lui. Il laisse la grotte à sa solitude, à son silence. Et la forêt reprend sa vie que plus rien ne trouble.

Pourtant, dans la pénombre, la grotte n'est ni vide, ni silencieuse. On entend par moments un lamento qui se propage et s'enfonce dans les entrailles de la terre : Agrios, le museau entre les pattes, est couché au pied du gisant de glaise, il attend le réveil de son maître.

La belle et la bête

(Circé la magicienne vit sur une île parmi d'étranges animaux, apparemment des lions, des loups ou des cochons. En réalité, ce sont des marins qu'elle a attirés et qu'elle a métamorphosés en bêtes, leur laissant leur conscience d'êtres humains.)

Enfin il la vit ! Depuis le temps qu'il naviguait, redoutant les colères imprévues de la mer poissonneuse et les coups du Destin ! L'équipage, lassé de ce voyage interminable, manifestait une mauvaise humeur et une défiance qu'il dissimulait de moins en moins.

Elle était là, l'île qu'il cherchait depuis des jours et des nuits, et paraissait irréelle, entourée de son halo lumineux. Le navire entra dans un port que de hauts rochers abritaient. Les marins avaient tous retrouvé leur bonne humeur et bientôt le bateau fut halé sur la plage. La présence de bois profonds, dont les cimes moussaient vers un ciel d'un bleu inconnu, paraissait de bon augure. Quand, s'abandonnant au plaisir de la découverte, ils s'enfoncèrent sous le couvert, ils rencontrèrent de grands troupeaux de chevreuils et de cerfs aux dimensions impressionnantes. Quel était ce pays fabuleux et quels étaient ceux qui y vivaient ? Ils virent, bâti sur un tertre, un palais de pierres polies, et tout autour circulaient des loups et des lions. Quand ils approchèrent, les bêtes sauvages leur firent fête. On aurait dit des chiens quémandant des caresses ou les restes d'un repas. Ces hommes pourtant habitués aux dangers de toutes sortes n'eurent pas le temps de manifester leur surprise mêlée de crainte. Un chant magnifique s'élevait dans la pureté du soir qui tombait. Il accompagnait le bruit régulier et bien connu d'un métier à tisser.

Et ils la virent. C'était plus qu'une femme ! Quand elle déploya sa haute taille et s'avança, ils purent apprécier sa magnifique chevelure blonde, sa longue robe de lin blanc et la ceinture d'or qui ceignait sa taille.
- Ah ! C'est toi, Minos, je t'attendais. Mon corbeau apprivoisé m'a annoncé ta visite, tu es le bienvenu, j'ai toujours eu un faible pour les Crétois, surtout s'ils font partie de la famille. Que veux-tu ?

Minos se balançait d'un pied sur l'autre, comme un gamin. Il avait pourtant pris soin de sa tenue : son casque orné de dents de sanglier dissimilait ses boucles foncées et accentuait, pensait-il, sa virilité, à sa taille pendait un glaive d'airain clouté d'argent et tandis que ses cnémides de cuir reluisaient, il n'oublia pas de brandir, à la vue de Circé, un javelot terminé par un dard de raie.
- Tu as perdu ta langue ou pris un coup de vieux ? À

ton mariage avec ma sœur Pasiphaé, c'est toi qui tenais le crachoir ! Allez, détends-toi et n'aie pas peur. Je crois savoir ce qui t'amène.

Minos avait reconnu la terrible magicienne et à la différence de ses hommes, charmés par tant de beauté, il était sur ses gardes. Il savait que les pouvoirs de Circé étaient immenses et que, sans le soutien d'une divinité, on ne pouvait les contrer. N'avait-elle pas métamorphosé une jeune et jolie rivale en monstre repoussant ? Quant aux malheureux hommes qu'elles rencontraient, si elle ne les transformait pas en porcs ou en bêtes sauvages, elle leur faisait perdre la raison. Qu'ils fussent des rois puissants ne changeait rien à l'affaire. De sa voix mélodieuse, elle poursuivit :
- Un peu de courage, tes hommes te regardent. On dirait que tu me crains, moi une faible femme ! Allez, montre l'exemple et entre dans mon palais.

Minos se retrouva dans un bassin, quatre nymphes avaient été chargées par Circé de lui rendre les devoirs de l'hospitalité. Après les embruns et le sel de la mer, ce bain dans une eau douce et pure était délicieux. Minos appréciait ces soins royaux qui n'avaient rien à envier à ceux qu'ils recevaient de ses jeunes servantes.

Puis ce fut le banquet. Circé avait bien fait les choses. Minos entra dans une vaste salle dont les murs étaient décorés de fresques. L'une représentait

le monde de la mer, le roi admira particulièrement un groupe de dauphins bondissant, qui semblaient chevaucher les vagues. Une autre fresque montrait les beautés de l'île, ses forêts, ses sources et toutes les bêtes qui y vivaient, de quoi réjouir tous les chasseurs et même l'infatigable Artémis. Le troisième tableau était le plus grandiose, il chantait la gloire de Circé : son père, Hélios, le Soleil qui voit tout, s'élançait sur son char tiré par quatre chevaux blancs afin d'éclairer le monde et Perséis, sa mère, la tête couronnée de fleurs, accompagnait la déesse de la Mer, dont le char, mené par des tritons, surgissait des profondeurs océanes dans une gerbe d'écume.
- Tiens, voilà des idées pour décorer mon palais, pensa Minos. Moi aussi j'ai des parents illustres ! Ne suis-je pas le fils de Zeus ? Et ma mère Europe est fille de roi !

Quand Minos vit son hôtesse devant une table d'argent et de la vaisselle d'or qui brillaient à la lumière de nombreuses torches, il comprit qu'il n'avait pas fini d'éprouver l'envie qui taraudait son cœur ombrageux. Sans perdre un instant, Circé aux belles boucles éleva son gobelet et ayant versé quelques gouttes du breuvage qu'elle venait de préparer en offrande à Zeus, le maître des dieux, elle dit de sa belle voix :
- Tu peux boire en toute tranquillité, j'ai moi-même

mélangé la farine, l'eau et le miel au vin de mes vignes. Je ne vais pas gaspiller mes philtres pour ta bande de rustauds. Je sais que je vais en avoir besoin.

Et elle plongea son regard énigmatique d'oiseau de proie dans les yeux de Minos qui ne put réprimer un frisson. Ah ! elle portait bien son nom ! Circé ne signifiait-il pas justement « oiseau de proie » ?

Le repas fut fastueux. Les marins engloutirent avec appétit les gros morceaux de viande dont le jus imbibait de grosses tranches de pain. Quel pain ! fleurant bon le froment des lourds épis qui poussaient en abondance sur l'île. « Les hommes mangeurs de pain », pensa Minos, c'était bien vrai. Ses hommes mordaient à pleines dents dans la mie parfumée et moelleuse. Ils en étaient privés depuis si longtemps ! Et la boisson, un vrai nectar, digne des habitants de l'Olympe ! Ils ne cachaient pas leur satisfaction et jetaient des regards pleins de reconnaissance sur Minos redevenu pour eux un chef incontesté, un roi béni des dieux. S'ils avaient osé, ils se seraient laissé aller à entonner les chants triviaux pour ne pas dire obscènes qu'ils affectionnaient. Mais la présence de Circé, étrangement, les retenait.

Le Crétois, quant à lui, ne se sentait pas vraiment à l'aise dans ses spartiates. Il était décidé à

ne pas prolonger son séjour sur cette île aux charmes trompeurs. Il houspilla ses marins qui le regardèrent, interloqués.
- Allez vite au bateau chercher le monstre. Et plus vite que ça !

Confortablement installé dans un vaste lit, Minos ne pouvait dormir. Il avait demandé à ses hommes de rester près de lui et leurs ronflements assourdissants l'exaspéraient. Il entendait des bruits. Il n'y tint plus. Il se leva, s'approcha de la lucarne qui éclairait faiblement la pièce. La scène qu'il vit, à la lumière de la pleine lune, confirma son appréhension. Le monstre était là, calme et silencieux, Circé à ses côtés. Minos se rappela comme son arrivée avait semé la panique. Les marins avaient montré une fois de plus que le discernement et l'esprit d'initiative n'étaient pas leurs principales qualités. Ils avaient ligoté la créature sur une civière de fortune avec des nœuds si serrés qu'elle pouvait à peine respirer. La malheureuse geignait, pleurait à fendre l'âme. Du sang noir et coagulé maculait sa poitrine et du pus s'en écoulait. Quand ils sentirent l'odeur pestilentielle que répandait la bête, les loups et les lions quittèrent les abords du palais pour s'enfuir à toutes pattes dans les bois. Minos entendait encore les lamentations qui ressemblaient à des

beuglements désespérés — il avait entendu ce lamento pendant tout le voyage — du Minotaure. Car c'était bien de lui qu'il s'agissait.
- Ce Thésée, quel incapable ! Il n'a pas été fichu d'égorger proprement le Minotaure comme c'était prévu ! Ça ! il est autrement plus doué pour trousser les péplums que manier le glaive. Quand je pense que ma fille chérie m'a trahi pour ce bellâtre incapable de travailler correctement. Décidément, la jeunesse d'aujourd'hui...

Puis, dans le silence nocturne que seul le bruit régulier de la mer toute proche troublait, un cortège fit son apparition. Minos distingua une femme entourée de chiens, la gueule ouverte. La torche qu'elle portait éclairait les dents luisantes et aiguës des molosses.
- Hécate et ses chiens dévorants. Je la reconnais !

Déjà la déesse magicienne et Circé s'activaient, la lune s'abaissait à l'horizon, il ne fallait pas perdre de temps. Elles baignaient doucement et caressaient le Minotaure qui se laissait faire comme un jeune veau. Quand il fut sorti de l'eau, une nymphe apporta un cratère, grande coupe à deux anses, qui servait à couper le vin. Circé le lui tendit et sans renâcler, il but goulûment. C'était sans doute un de ces breuvages, philtres souverains, dont Hécate, la toute-puissante, avait le secret. Puis des jeunes gens empressés firent une litière de paille fraîche. Peu de temps après, le monstre aux naseaux fumants, aux cornes acérées, qui avait fait trembler toute la Grèce orientale et causé la mort d'Égée, le puissant roi d'Athènes, dormait comme un nouveau-né. Tandis que Circé regagnait ses appartements privés, Hécate montait la garde, entourée de ses chiens. Minos en avait assez vu, il pouvait aller se coucher.

Quand l'aurore sur son trône d'or apparut, le roi de Crète et ses hommes étaient prêts à partir. Les marins rechignaient un peu, ils seraient bien restés encore pour profiter des plaisirs de cette île extraordinaire. Mais Minos était intraitable, ils devaient déguerpir au plus vite. Circé n'essaya pas de les retenir. Le fils de Zeus la trouva songeuse et distante, elle semblait ne plus prendre de plaisir à se moquer de lui. La petite troupe de voyageurs gagna le port, suivie d'ânes et de mulets chargés de victuailles. Décidément Circé savait se montrer généreuse...

Après que Minos eut ordonné à ses marins de lever l'ancre et déployer les voiles, il s'installa à la proue du bateau et son cœur se réjouit. Lui, le rejeton divin, avait agi avec prudence tout en respectant les dieux. Il avait été assez malin pour se débarrasser du Minotaure, ce fléau anthropophage, désormais confié aux soins diligents de Circé, la docte magicienne. Il n'encourrait pas la vengeance des noires Érinyes aux yeux injectés de sang, aux cheveux de serpents, qui poursuivent sans relâche les criminels et les châtient, sans aucune pitié. Il pouvait tranquillement regagner son île, son palais et son trône qu'il aimait plus que tout au monde.

***

Comme tous les jours, des nuages s'étiraient en bandes légères au-dessus des sommets étincelants de l'Olympe. Comme tous les jours, les dieux festoyaient. Ganymède, l'échanson divin, servait le nectar dans des gobelets vermeils, finement ciselés et Hébé présentait l'ambroisie qui accordait aux habitants de l'Olympe une éternelle jeunesse. Pourtant, ce n'était pas un jour comme les autres. Ils étaient tous là, même Poséidon, le maître de la mer, avait quitté son vaste royaume et tous, sans exception, attendaient impatiemment l'intervention d'Aphrodite qui, détendue et rieuse, était revenue de Paphos, sa ville bien-aimée. Elle était plus belle que jamais dans sa robe de pourpre de Tyr deux fois teinte et la ceinture qui enserrait sa taille et que toutes les déesses lui enviaient, brillait de mille feux.

D'un geste de la main, la déesse de l'Amour écarta les nuages et, comme un seul homme, les Olympiens se penchèrent. Que cherchaient-ils de si intéressant à voir là, tout en-bas, au séjour des ces créatures mortelles qui ne cessaient de les amuser par leurs aventures et leurs perpétuelles tentatives à améliorer leur pauvre et courte vie ? Ils n'en crurent pas leurs yeux, c'était bien l'île de Circé, la fille du Soleil, qui se détachait sur le bleu infini de la mer. Aphrodite tendit la main et l'île sembla se rapprocher. Elle était proche, toute proche, et ils pouvaient regarder à loisir et dans les moindres détails une scène étonnante.

La magicienne se promenait autour de son palais, accrochée au bras du Minotaure. Tous deux devisaient. De quoi ? Les dieux ne pouvaient rien entendre mais à la façon dont Circé s'appuyait sur le bras puissant de son interlocuteur, on pouvait aisément deviner le sujet de leur conversation. Ils arrivèrent à l'orée de la forêt, près d'une source bondissante. Les nymphes du lieu discrètement s'éloignèrent pour ne pas troubler le tête-à-tête. Circé regardait le corps bien découplé, le torse musclé de celui qui lui devait la vie. Bien sûr, il y avait cette tête énorme, ces cornes, ce mufle, ces naseaux... Cependant le monstre avait quelque chose de tendre, d'attachant dans le regard. Circé y lut comme de la résignation à un destin hostile. Pour la première fois de sa vie la fille d'Hélios éprouva de la pitié. Quel sentiment inconnu mais bouleversant ! Et sans qu'elle pût se retenir, elle déposa un léger baiser sur le mufle frémissant. Et le prodige eut lieu :

le Minotaure se métamorphosa en jeune homme à la longue chevelure bouclée, aux reflets presque bleus, au profil parfait de prince grec. Peut-être restait-il dans son regard une légère lueur bovine... Bien vite, les deux amoureux se retrouvèrent dans les bras l'un de l'autre et le baiser qu'ils échangèrent témoignait d'un sentiment ardent et indomptable.

Là-haut, sur l'Olympe, les dieux regardaient, étonnés et ravis. Puis le moment de stupéfaction passé, ils éclatèrent d'un rire... homérique.

Conte de la pluie et du beau temps

Il pleuvait. Depuis que la châtelaine était morte, il n'avait cessé de pleuvoir. Les moissons pourrissaient, les foins avaient moisi, et si les trombes d'eau continuaient, le raisin ne mûrirait pas et les tonneaux resteraient vides comme la besace d'un chemineau. Les fermiers et les métayers, prenant le Ciel à témoin, maugréaient, marmonnaient, ne cachant plus leur colère.

Dominant le Rhin, son haut donjon tutoyant les nuages gros de grêle ou couvant un déluge, la forteresse du seigneur semblait fondre ses épaisses murailles dans la grisaille ambiante. Depuis son veuvage, le maître des lieux faisait grise mine lui aussi. Il maudissait le sort et pour se venger du malheur qui l'accablait, il maintenait sa fille unique enfermée dans sa chambre. Elle aussi se lamentait, se tordant les mains de désespoir : enfant, son père lui interdisait de partager les jeux des autres et désormais, elle vivait cloîtrée comme une moniale.

Après de nombreuses discussions et promesses d'obéissance, elle réussit à convaincre son père de la laisser faire un pèlerinage. Elle vouait un culte à sainte Odile qui, comme elle, avait souffert de la tyrannie de son père. Elle voulait se recueillir sur son tombeau. Dûment chapitrée et chaperonnée, la voilà partie.

Après un voyage éprouvant sous une pluie continue (sa charrette faillit s'embourber dans les ornières gorgées d'eau d'un chemin cahoteux), elle s'empresse de se rendre à la chapelle qui domine la vallée. Attirés par les nombreux miracles de la sainte, les pèlerins, nombreux et fervents, se pressent, se bousculent...

Tout à coup la porte de la chapelle s'ouvre en grand. Un cavalier, monté sur un destrier noir comme le diable, entre, brandissant son épée. Il cherche quelqu'un à qui il ne veut pas du bien, c'est sûr et toise la foule qui, devant tant d'audace, n'en revient pas. Vite, il a trouvé celui qu'il cherche, s'apprête à le massacrer, à le pourfendre en deux moitiés comme un vulgaire poulet. Mais des cris d'indignation montent, des poings se tendent, les paysans que le mauvais temps a exaspérés se dressent, compacts, pour protéger celui qui est en danger. D'ailleurs n'ont-ils pas raison ? Un homme, réfugié dans une église est sous la protection divine, nul n'a le droit de l'attaquer ou de s'emparer de lui. Et le hors-la-loi, rengainant son épée, est obligé de se retirer.

De retour au château, Clotilde n'a guère le

loisir de conter son voyage, éprouvant certes, mais qui lui a fait entrevoir le monde. Son père la harcèle, la houspille, elle doit sans tarder épouser le chevalier qu'il lui a trouvé. N'a-t-elle pas déjà quinze ans ? Si elle attend encore, elle sera bien trop vieille, plus aucun homme ne voudra d'elle à moins qu'il n'ait quelque tare cachée. Ce n'est pas le cas du promis : il est jeune et beau, paré, insiste le père, de toutes les qualités. C'est un rude guerrier, capable de défendre le château quand le seigneur aura rejoint son épouse dans la crypte de l'église. Clotilde essaie de gagner du temps, elle prétexte qu'elle doit finir de broder son trousseau. Elle n'a pas envie de se marier, du moins pas avec l'homme qui plaît à son père. Elle rêve, elle pense sans cesse à celui qu'elle a rencontré à la chapelle Sainte-Odile. La frôlant quand il s'est enfui après avoir échappé à une mort certaine, il a laissé tomber (exprès ?) une petite boîte qu'elle a prestement ramassée. Ni vu, ni connu. Qu'y a-t-il dans cette boîte ? Nul ne le sait, Clotilde, méfiante, n'a montré son contenu à personne.

Tout le monde au château était sur son trente et un et l'attendait... Ah ! Ce ne fut pas une entrée fracassante, elle ne ressemblait en rien à celle qu'il avait faite, il y a peu, à la chapelle Sainte-Odile. Il était trempé comme une soupe et sa cape dégoulinait. Quel triste tableau ! Quand il se présenta au seigneur Alaric, Clotilde, cachée derrière une tapisserie, le reconnut tout de suite, elle n'avait pas oublié ses épaules puissantes, sa morgue et sa lippe méprisante. Quand les convives se mirent à table, Clotilde fit à son fiancé le plus bel accueil dont elle était capable. Elle avait déjà son plan.

Elle donna rendez-vous à un vieux serviteur de son père qui lui avait maintes fois témoigné son soutien et lui demanda de découvrir l'identité de celui qui avait déclenché la fureur meurtrière de son futur mari.
- Mais tout le monde le connaît, dit en riant son interlocuteur. C'est Théobald, l'apothicaire. Son échoppe est l'une des plus florissantes de la ville. C'est un savant. Il a beaucoup lu et beaucoup retenu. Il a aussi beaucoup voyagé de par le vaste monde. Jeunes et vieux, riches ou pauvres, tout le monde l'apprécie.
- Serait-ce possible que je le rencontre ?

Retenant son sourire, le vieux qui, lui, avait beaucoup vécu et un peu retenu, répondit le plus sérieusement :
- Pourquoi pas ? sa visite vous distraira un peu.

Seule dans sa chambre, poussée par on ne sait quel dessein, Clotilde ouvrit la fameuse boîte qu'elle avait si soigneusement cachée. Elle en sortit une bague dont le chaton, une curieuse pierre rouge, servait de sceau. La pierre habilement ciselée représentait un dragon déployant de grandes ailes nervurées. Des lettres capitales l'entouraient et Clotilde déchiffra : SANG DRAGON. Sans qu'elle pût s'en empêcher, elle saisit l'étrange bijou et le mit à son doigt. Aussitôt l'anneau épousa son annulaire fin et gracile comme sa silhouette. Elle eut beau faire, tourner et retourner l'anneau, elle ne pouvait plus le retirer...

Quelques jours passèrent. Clotilde, tant bien que mal, cachait son impatience, lorsqu'un soir, on l'appelle de toute urgence aux cuisines. « Aux cuisines, à cette heure, quelle idée ! » Mais elle eut vite compris. Son père n'y mettait jamais les pieds, c'était le domaine de grosses femmes, vieillissantes, suantes, toujours énervées et irascibles. Ce fut pourtant dans cette vaste pièce enfumée, noircie par le bistre de la cheminée si grande qu'on pouvait y rôtir un bœuf, qu'elle fit la rencontre de sa vie. Théobald, que tous appelaient Sang Dragon, était là qui l'attendait. Bien qu'il eût affronté une pluie diluvienne, il avait fière allure, il avait hérité de la blondeur et des yeux bleu clair de sa mère, une belle Alsacienne. Et il parlait bien, jamais Clotilde n'avait entendu un tel discours, plein de sérénité et de ce mélange de sagesse et de science qu'on appelait sapience, de déférence aussi. On était loin des éructations lourdes de menace de son père.
- Pourquoi vous appelle-t-on Sang Dragon ?

s'enquit-elle, curieuse comme une vieille chatte.
- Parce que j'ai longtemps cherché à travers le monde le sang-dragon, un remède rare et cher. C'est un étonnant bienfait de la nature. Il est rouge comme le sang, peut arrêter les hémorragies et soigner les plaies purulentes. C'est un remède dont nous aurions grand besoin. Pour moi, il est devenu un symbole. J'aimerais avoir le pouvoir d'arrêter les guerres incessantes qui font couler tant de sang, surtout celui des pauvres qui, parce qu'ils n'ont pas le choix, se retrouvent enrôlés dans des armées qui sèment partout la terreur et la désolation. Les propos que je tiens ne plaisent pas à tout le monde, notamment à un certain cadet d'une puissante famille qui compte sur la guerre pour s'octroyer un fief et les richesses qui vont avec. Plutôt que de protéger la veuve et l'orphelin comme tout chevalier doit le faire, il ne pense qu'à la guerre et ne connaît que la violence. Vous le connaissez, c'est celui qui voulut me tuer à la chapelle, lors du dernier pèlerinage.

Clotilde qui, tout en le dévorant des yeux, buvait ses paroles, était sur un petit nuage.
- Voilà le mari qu'il me faut, pensait-elle.
Sa décision était prise et elle était irrévocable.

- Non, non et non. Je ne me marierai pas. Je préfère mille fois m'enfermer dans un couvent, au monastère Sainte-Odile justement, plutôt que d'épouser la brute que vous m'avez choisie !

C'était la première fois que Clotilde affrontait son père et pour bien montrer sa détermination, elle tapait du pied et par ses cris, alertait tout le château. Alaric, qui détestait le scandale et n'appréciait pas qu'on résistât à son autorité, n'en crut pas ses oreilles. Il devint cramoisi, s'étranglant d'une colère qu'il ne pouvait dominer. Et soudain, il s'écroula sur le beau tapis d'Orient qu'il venait tout juste d'acquérir.

C'est sous le soleil le plus éclatant que la dépouille du seigneur Alaric rejoignit ses ancêtres dans la crypte de l'église. On ne prit pas le temps de le pleurer, il fallait parer au plus pressé et songer aux moissons. On se réjouissait même de l'abondance des regains qui semblaient prometteurs. Quant aux vignes, on espérait bien en tirer – avec le retour du beau temps – quelques tonneaux d'un vin acceptable. Clotilde héritait du fief de son père. Elle savait qu'un château « tombé en quenouille » (c'est ainsi que l'on désignait un château gouverné par une femme) était une proie des plus tentantes. Elle demanda Sang Dragon en mariage. Celui-ci était partagé : il tenait à son célibat et son apothicairerie à l'enseigne « Au Sang-Dragon ». Mais il tenait aussi à sa bague ornée de cette pierre fabuleuse dont la couleur changeait avec le temps. La pierre s'éclaircissait, devenant rouge orangé pour annoncer la pluie et prenait une teinte écarlate, pourpre même, quand le soleil allait s'emparer d'un ciel tout bleu. Plus qu'un bijou, c'était un talisman et il l'avait entrevu au doigt de Clotilde. Son sort semblait scellé, le sceau de la bague en témoignait ! Et puis Clotilde, aimée de tout son entourage, était jolie comme un cœur et cette fraîche et simple beauté ne comptait pas pour rien.

La noce dura trois jours. Sous un doux soleil de fin d'été, les mariés se laissèrent porter par la liesse populaire et jamais, foi d'ancêtres à la mémoire infaillible, on ne vit un mariage aussi.... arrosé.

La dame à la licorne

(La Dame à la licorne *est une composition de six tapisseries datant du XVI*^{e} *siècle. Cette composition montre une jeune femme vêtue d'une robe de brocard rouge entourée de fleurs et d'animaux. Cinq de ces tapisseries sont des allégories des cinq sens. La sixième déploie, au-dessus d'une luxueuse tente bleue, une devise qui reste énigmatique :* Mon seul désir.*)*

L'aube blanchissait le ciel de l'automne qui allait vers sa fin. Dans la forêt profonde, les hauts sapins se dégageaient d'une brume légère et, comme pour se réchauffer, exposaient au soleil levant leurs sombres ramures. Les merles et les moineaux se remirent à chanter, saluant sans barguigner cette nouvelle journée.

Elle frissonna, il était temps, pensait-elle, de trouver un abri, son instinct pressentait que l'hiver serait rude dans cette contrée sauvage, couverte de forêts. Elle ignorait comment elle était arrivée là et dans ses souvenirs, apparaissait une vague silhouette d'une dame richement vêtue qui la caressait, la cajolait, l'emmenait partout avec elle et à ses oreilles résonnait encore sa voix douce et soyeuse comme le velours de sa robe écarlate. Les bêtes de la forêt se méfiaient d'elle, petite licorne d'un blanc immaculé, aux pattes graciles et à la corne superbement dressée, qui la gênait plutôt car elle était de nature douce et accommodante. Elle vivait donc solitaire et si elle avait besoin d'un refuge pour affronter la mauvaise saison, elle désirait aussi ardemment de la compagnie, une présence protectrice et aimante comme celle de la dame de ses souvenirs.

Le Ciel entendit ses vœux. Quelque temps plus tard, un jeune homme qui courait le cerf déboula à toute allure dans la clairière où elle avait pris l'habitude de se tenir, près d'une rivière qui dévalait de la montagne. Le cavalier tomba en arrêt devant sa robe immaculée et – il n'en crut ni ses yeux ni des oreilles – le doux regard de la gracieuse créature calma instantanément les chiens hurleurs et excités qui l'accompagnaient. Humblement, elle baissa les yeux et s'agenouilla devant lui. Ce fut un instant magique pour tous les deux. Il fallait qu'ils se revoient. Les rendez-vous se succédèrent, réguliers et secrets, jusqu'au jour où, n'y tenant plus, le chasseur l'emmena dans son château. La licorne n'avait pas séduit n'importe qui : le jeune homme était le maître du nid d'aigle dont elle avait entraperçu la haute tour carrée dominant les futaies.

C'était inespéré. D'accord, elle avait bien remarqué les souples bottes de basane, le surcot de belle laine bien épaisse et le cheval magnifique mais ce n'était rien à côté de sa longue chevelure blonde et ses yeux clairs. Elle n'était pas mécontente d'elle et commençait à penser que le destin lui souriait après des mois de solitude forcée.

L'arrivée au château de cette bête légendaire déclencha un émoi comme on n'en avait pas vu depuis longtemps, depuis la mort prématurée de la mère du jeune seigneur, Louis de Rochenoire. Sa présence ravit certaines, des jouvencelles plus précisément, qui appréciaient sa beauté lumineuse et la délicatesse de sa silhouette, en intimida d'autres, des jeunes pages particulièrement enragés de chasse qui, en la regardant, se demandaient s'ils avaient affaire à un animal ou à une créature venue d'un autre monde. Il est certain qu'elle fit naître discrètement force signes de croix chez les plus superstitieux, de vieilles gens, surtout. Les animaux eurent des réactions variées. À l'écurie, les chevaux hennirent doucement et piétinèrent leur litière, les chiens de chasse, apeurés, reculèrent en la voyant et les mâtins retroussèrent leurs babines et montrèrent les dents. La genette, dont la mission était de mener une chasse impitoyable aux rats et aux souris qui dévoraient les provisions du château, s'enfuit et se cacha dans la cuisine, refusant désormais d'approcher Louis, son maître, alors qu'elle était, depuis toujours, son animal préféré. Seuls les bourricots, écrasés par un bât trop lourd et de sempiternelles tâches, restèrent indifférents.

Louis ne s'était jamais senti aussi heureux : il avait enfin une compagnie dont la beauté et la grâce le ravissaient, qui était en adoration devant lui et ne le contrariait jamais. La licorne ne le quittait pas et dans les environs, les langues allaient bon train. Louis de Rochenoire se ressemblait plus, il négligeait ses devoirs, oubliant qu'il était le maître d'un fief prestigieux et qu'il devait rendre des comptes à la puissante maison de son suzerain. Le bailliage, les octrois pourtant si importants dans cette vallée frontalière, unique voie de passage des marchands venus d'Alsace et de Germanie, les problèmes des vilains et des serfs, toujours près de la jacquerie, tout cela à présent l'ennuyait profondément. Et surtout, il oubliait les émissaires qu'il avait envoyés lui chercher une épouse, mission impérieuse s'il voulait donner un héritier à la seigneurie et perpétuer un lignage si ancien qu'il se perdait dans la nuit des temps. Le soir, à la veillée, la conteuse du village, après avoir raconté aux enfants l'histoire de Mélusine, cette étrange fée, mi-femme, mi-serpent, mère bienfaitrice de la puissante famille des Lusignans, ajoutait à voix basse :

- Certains prétendent que la famille de notre seigneur serait née du mariage d'un courageux chevalier ayant défendu notre contrée devant de féroces envahisseurs venus de l'autre côté de la montagne, et d'une licorne... Grâce à cette alliance, l'ancêtre de notre seigneur aurait pu défricher ses terres et bâtir la grosse tour aux murs si épais que personne, jamais, ne pourra s'en emparer. Mais chut ! mes petits, concluait la prudente aïeule, ne le répétez pas, monsieur le curé ne serait pas content.

Au château, la licorne s'installa d'abord dans la grand-salle, près de la cheminée, puis elle accompagna Louis dans sa chambre (ce qui ne manqua pas d'étonner les gens d'armes qui, la nuit, se relayaient pour garder la porte de cette dernière). Elle se retrouva enfin dans le lit seigneurial. Un soir, avant de s'endormir, Louis ressentit le besoin irrépressible de déposer un baiser sur le museau velouté de la licorne et caresser sa corne...

Le lendemain matin, tandis que l'aube pointait à peine, en ce dimanche de Pâques fleuries, Louis eut la surprise de sa vie : une toute jeune fille, presque encore une enfant, à la blonde chevelure et au teint clair, dormait à ses côtés. Elle était nue comme un nouveau-né. Affolé, se frottant les yeux, Louis ne savait que faire. Vite, il appela sa nourrice – une femme d'expérience et de bon sens que rien ne déconcertait. L'opération fut rondement menée. On s'empressa de vêtir cette jeune personne d'une ample chemise de chanvre (qui grattait un peu) et empruntant la poterne du château, on l'emmena sans plus tarder en haut de la montagne, dans une ferme isolée, peu connue des habitants de la région.

Une semaine plus tard, tandis que les cloches de l'église du village sonnaient à toute volée pour annoncer les réjouissances pascales, une jeune fille arrivait, en grand arroi. Elle venait, disait-on, des contrées lointaines du nord, là où la neige tombe en abondance, où règnent d'épais frimas dissimulant bêtes et gens, fantômes et esprits malfaisants. Personne ne connaissait son nom, seul un prénom, Blanche, la désignait mais elle était de noble lignage. De jeunes gens, proches de Louis, divulguèrent des informations qui arrivaient à point nommé : des astrologues renommés avaient prédit sa venue, ils affirmaient même qu'elle donnerait rapidement un héritier à la châtellenie. Tout le pays était heureux. Le seigneur allait se marier, on allait faire bombance et chacun, selon son rang, participerait au festin nuptial.

La fête fut grandiose et fort bien ordonnée. La mariée était éblouissante dans une robe de brocart d'un beau rouge incarnat. C'était la couleur qu'elle avait choisie, elle ne savait pas au juste pourquoi. Il lui semblait que cette couleur lui porterait bonheur et serait le gage d'un mariage heureux. On fit la noce pendant trois jours. On se gava de volaille, de gibier. Des chapelets de saucisses et de boudin furent offerts aux convives, bien décidés à s'en faire « péter la sous-ventrière ». Quant à la parentèle mâle du marié, elle eut droit à un paon rôti, la « viande des preux », servi avec ses plumes en guise d'auréole. Manants et chemineaux, artisans, clercs et nobliaux, tous firent honneur aux matefaims, ces grosses crêpes, qui faisaient la renommée de la région. Une profusion de gâteaux au miel, de confitures, de noix et de noisettes conclut ce fantastique banquet. Çà ! on s'en souviendrait de cette noce : c'était la plus belle de tous les temps.

Avec l'automne revinrent les plaisirs de la chasse. Se serrant étroitement contre son seigneur de mari, la jeune épousée partageait la même monture que lui et débusquait au grand galop le gros gibier. Elle n'appréciait pas trop la chasse mais elle voulait vivre à l'heure de son époux et du château tout entier. Jusqu'au jour où...

La bête est prise dans le filet. C'est une plantureuse laie qui se débat comme une diablesse. Les piqueux et les veneurs l'entourent, les chiens trépignent et leurs abois assourdissent le crépuscule. Blanche s'approche, elle est certaine d'avoir vu cette laie, entourée de ses marcassins, se désaltérant, un soir d'été, dans la rivière. Elle reconnaît bien la hure puissante et les soies plus claires qui raient son dos. Pourtant, elle n'est jamais venue au bord de ce torrent qui descend de la montagne...

C'est à Louis d'enfoncer le pieu dans le cœur de la bête, ce qu'il fait sans hésitation. Blanche aperçoit alors une lueur fugitive dans l'œil du chasseur, une étincelle de joie féroce. Louis s'ébroue comme un jeune animal et sourit, triomphant. Blanche s'évanouit.

Quand elle se réveille au château, la vieille nourrice est à son chevet. Elle rassure Louis qui se morfond déjà :
- Ta femme est grosse et je suis quasi certaine que ce sera un fils !

L'entourage exulte. Blanche n'a pas compris ce qui lui arrivait. Elle est innocente, la nourrice s'en est aperçue. Quel jeu, quel plaisir alors d'effrayer cette créature si naïve qui lui a ravi l'affection de celui qu'elle considérait comme son fils. Elle ne va pas s'en priver. La vie a été dure avec elle. Si elle était restée simple servante, si son benêt de mari ne s'était pas tué en tombant d'un toit, elle serait morte depuis longtemps, les disettes, les coups, les grossesses successives auraient eu raison de sa robuste constitution. Elle va surmonter la jalousie qui lui ronge le cœur et se rendre indispensable pour mieux se venger.

Blanche est mal à l'aise, elle se demande comment et quand cet enfant va sortir de son ventre. Ne va-t-il pas y rester à jamais prisonnier ? Elle questionne la nourrice qui s'empresse de répondre. Les douleurs de l'enfantement sont alors contées par le menu, on n'oublie pas de préciser qu'elles sont plus intenses quand il s'agit d'une première naissance. Les servantes, qui connaissent la musique, rient sous cape. Les semaines, les mois passent. La châtelaine est dolente et alourdie. Elle essaie de faire bonne figure et de ne pas penser à ce qui l'attend. Après tout, essaie-t-elle de se rassurer, elle ne sera pas la première femme qui accouche ! Certes, elle très entourée, la nourrice ne la quitte pas mais Blanche s'ennuie et Louis la délaisse. Tôt le matin, il quitte le château pour ne revenir que le soir, fourbu et taiseux. Où va-t-il ? Tout le monde semble le savoir, sauf elle. Quand elle interroge la nourrice, elle se dérobe. Et les servantes continuent de rire derrière son dos.
- C'est un garçon ! jubile la nourrice qui est aussi accoucheuse.

Sa réputation est grande et elle sait ce qu'elle doit faire. Malgré une longue et douloureuse attente, tout s'est bien passé. Blanche est contente d'elle, elle a donné un héritier au fief. Le regard que lui coule son mari vaut tous les discours, toutes les tendres déclarations.

- Maintenant tout va redevenir comme avant ! profère-t-elle, toute joyeuse.

Mais la jeune femme ne sait pas que, jamais, rien ne redevient comme avant. Le baptême de Robert fut l'occasion d'une grande fête, mais les commensaux en convinrent, l'ambiance n'était pas à la franche ripaille. Était-ce l'hiver qui, gelant forêts, prés et champs, glaçait aussi les cœurs ? Pour honorer son fils, Blanche avait voulu mettre sa robe de brocart mais elle la serrait : la châtelaine avait perdu sa taille de guêpe. Elle se consola en regardant son fils, un beau poupon bien rose, plein de vie et qui savait se faire entendre. C'était l'enfant de l'amour. Elle commençait à recouvrer sa joie de vivre naturelle quand la nourrice de Louis, promue gouvernante du nouveau-né, vint et d'autorité lui retira l'enfant pour le conduire chez une paysanne à la vaste poitrine, qui avait du lait en abondance. Richement payée et grassement nourrie, elle pouvait allaiter son enfant et le précieux héritier.

Ce qui devait arriver arriva. Blanche se trouva de nouveau enceinte. Et un cycle infernal s'installa : les grossesses et les accouchements se succédèrent, si rapprochés que la mère, éprouvée par ses couches, n'avait pas le temps de s'attacher à ses enfants, dont la plupart mouraient à peine ondoyés. Sur les neuf ou dix enfants (elle ne savait plus) qu'elle mit au monde, il ne lui restait plus que Robert, le bien-aimé, et deux filles. Pâles et maladives, elles étaient si apathiques qu'il semblait que la vie ne voulût point d'elles. Blanche prit bien garde de ne pas trop s'attacher à elles !

Perdue dans ses pensées, la châtelaine s'interrogeait. Que restait-il de sa vie heureuse de naguère ? Au fil des années, sa beauté avait disparu. Son teint était livide, cireux. Elle perdait ses cheveux qui, d'éclatants, étaient devenus filasse. Ses dents se déchaussaient, son merveilleux sourire n'était plus qu'un souvenir. Toujours grosse, les seins alourdis, elle n'attirait plus un regard, plus un égard. Et Louis était trop souvent absent, la vie au château s'étirait, morne et austère. Il n'y avait plus comme distractions que les offices religieux mais les messes, les vêpres et les processions, malgré la ferveur qu'elles faisaient naître chez les paysans, la laissaient indifférente. Rober était parti depuis plusieurs années déjà. Comme le voulait la tradition, il avait quitté son père pour devenir l'écuyer d'un puissant baron, chargé de parfaire son éducation. Elle ne le reverrait pas de sitôt. Que faire pour vaincre l'ennui ? Filer, broder ? Ces occupations ne la tentaient guère. Elle se sentait trop fatiguée pour apprendre à lire, comme le lui avait suggéré un page de son époux, lettré et prêt à se mettre à son service. Elle préférait se laisser aller à houspiller ses

servantes. Acariâtre, mesquine et perpétuellement insatisfaite, elle se plaignait :
- Cette chemise n'est pas propre, cette viande n'a pas de goût, mes draps sont humides, on a encore oublié de bassiner mon lit...

Et la litanie des jérémiades était sans fin. Si elle avait eu assez de force, elle aurait roué de coups ces drôlesses indociles, négligentes, qui ne craignaient que la vieille nourrice.

Un beau jour, ou plutôt un soir, cette dernière disparut – mystérieusement. On affirma qu'elle s'était perdue au crépuscule dans les bois qui bordaient la rivière. S'était-elle noyée ? Avait-elle été la victime de bandits des grands chemins ou pire encore, des revenants qui hantaient les alentours du gibet (à cause de sa méchante langue, il ne désemplissait pas) ? Quand Blanche apprit la nouvelle, elle fut soulagée. Elle craignait la réaction de Louis mais il ne manifesta aucun regret. Lui aussi avait changé. Il ne chassait plus. Une chute de cheval lui avait brisé la jambe et sa claudication, qui le diminuait aux yeux de ses pairs, le faisait enrager. Il se vengeait sur ses métayers et ses serfs qu'il accablait de corvées et pressurait de redevances. Un autre gibier l'obsédait : les braconniers. Pour eux, nulle clémence, nulle commisération. Et, comme du temps du père de Louis, le gibet exposait aux yeux de tous, balancés par le vent, putréfiés par le soleil,

visités par les corbeaux, les sombres fruits de sa cruauté. Son épouse ne l'émouvait plus. Elle aussi, désormais, l'horripilait plus qu'il n'aurait su le dire. Il la trouvait vieille et laide et, oubliant toute courtoisie, il se laissait aller à sa rancœur :
- Tu n'es qu'une propre à rien. Les garçons que tu as mis au monde meurent à peine nés, tandis que mes bâtards sont des gaillards qui pètent le feu. Que vont devenir mes terres et mes biens avec un seul héritier ? Quant à tes deux femelles, elles sont si chétives, si mal tournées, que personne ne voudra les marier. Si tu pouvais mourir, cela m'arrangerait.

L'épouse humiliée resta digne, les yeux secs, elle se garda bien de dire qu'elle était grosse, une fois de plus.

Blanche ne se sentait plus capable d'affronter l'épreuve qui l'attendait. Elle savait combien elle allait souffrir et le courage lui manquait. Ce fut dolente et résignée qu'elle laissa les semaines et les mois passer. Quand le moment fatidique arriva, elle fit venir une bergère experte en la mise bas des brebis. Noiraude, ébouriffée, enveloppée dans une longue houppelande de laine brute, elle ne payait pas de mine. Tout intimidée, elle eut du mal à répondre aux questions et se jugeait indigne d'une telle mission. Pourtant quand elle l'examina, Blanche fut étonnée par la légèreté de ses mains, la précision de ses gestes et plus encore, par la douceur et la modestie de son regard. Bien qu'à la fin de la visite la bergère ne dît rien, se gardant d'augurer de l'avenir, elle avait gagné la confiance de la châtelaine, éperdue de reconnaissance.

Le travail dura longtemps, la parturiente était bien trop faible et bien trop passive. Elle geignait et de grosses gouttes de sueur inondaient son visage pâle comme la mort. La bergère faisait de son mieux, elle ne cessait de lui parler doucement pour l'encourager. Enfin tout s'accéléra : on recueillit un maigre enfançon aux lèvres bleues. Tant de douleurs pour un héritier mort-né ! Sur la chemise de chanvre souillée, la tache de sang ne cessait de s'agrandir. Que faire pour arrêter ce flot continu ? Prier. La Vierge et sainte Marguerite, patronne des femmes en gésine, furent ardemment invoquées. Sans résultat : la châtelaine se vidait de son sang.

Puis les plaintes cessèrent. Les stigmates de la souffrance disparurent. Le visage de Blanche, comme auréolé de lumière, reprit son éclat d'autrefois. Elle avait quitté son lit de douleur, elle errait dans une prairie bordée de houx, de sorbiers, de chênes rouvres et piquée de mille fleurs. Elle reconnut l'œillet sauvage, le blanc narcisse et la belle ancolie, et le myosotis qu'il ne fallait pas oublier ! Les pâquerettes côtoyaient les marguerites. Et parmi les perce-neige et les jacinthes, les fraisiers des bois foisonnaient, offrant leurs fruits mûrs et odorants.

Sous le bleu profond d'une tente doublée de soie blanche et entrouverte, se tenait une belle dame en robe rouge. Elle échangeait un long regard avec une licorne à la corne étincelante, elle parlait à la bête immaculée, dressée, attentive, sur ses pattes arrière. Que lui disait-elle ? Mystère ! Peut-être la convainquait-elle qu'il fallait aimer la vie envers et contre tout ? La scène merveilleuse ne dura que quelques instants. Des larmes coulèrent sur le visage transfiguré de l'accouchée. La bergère s'approcha pour les essuyer. Elle entendit dans un souffle :
-Mon mon seul désir, mon seul désir... était d'être.... heureuse...

Et ce fut tout.

Des années plus tard, Louis de Rochenoire reçut d'un lointain parent, une tapisserie, cadeau inattendu et somptueux. On y voyait, sur une prairie piquée de « mille fleurs », une châtelaine en brocart rouge, accompagnée d'une blanche licorne se dressant sur ses pattes arrière, devant une tente du plus bel azur. Louis, souvent, regardait cette scène mystérieuse et cette contemplation ajoutait à son ressentiment : il sentait bien que, diminué et vieillissant, le pouvoir lui échappait. Il craignait que son fils, irascible et violent, pressé d'avoir le pouvoir, ne se débarrassât de lui. Il se prenait à regretter le temps de sa jeunesse et l'amour qu'il avait éprouvé pour Blanche, douce et innocente. Le remords le torturait : il aurait dû témoigner plus de bonté et de tendresse à cette douce licorne qui l'avait tant aimé.

Tout ce qui brille n'est pas d'or

　　Sous le gouvernement d'un duc qui, plus que la guerre et les tournois, aimait les livres et les arts, la ville de Schleschstadt prospérait. Un cordonnier apprécié de tous y vivait. Depuis son veuvage, il s'était passionnément attaché à ses deux filles, très belles et très blondes, qui se ressemblaient comme deux gouttes d'eau.

　　L'aînée, Roseline, n'était jamais satisfaite. Il lui manquait toujours quelque chose pour être heureuse : une robe, des bottines, un mantelet. Il n'y avait jamais assez de dentelles à ses jupons ni assez de plumes à ses chapeaux. Et les bijoux, elle en était folle ! Son père qui tirait souvent le diable par la queue se privait pour combler ses désirs.

　　La cadette, Blancheflore, préférait les fleurs et la forêt, les oiseaux, les chats et les chiens. Elle se rendait souvent chez son voisin, un libraire avenant et bien de sa personne. Là, elle lisait assidûment des livres qui racontaient de belles histoires. Elle aimait sentir la bonne odeur de cuir de leur couverture et ne se lassait pas de regarder leurs riches enluminures.

　　Par un beau matin de printemps, le libraire vint trouver le cordonnier et, enlevant son couvre-chef, lui demanda fort poliment une de ses filles en

mariage. L'artisan fut aux anges, il ne pouvait rêver d'un meilleur gendre, travailleur, calme et plaisant compagnon. La tradition voulait qu'un père avisé mariât d'abord sa fille aînée. Quand Roseline connut le projet, elle poussa des cris d'orfraie :
- Quoi ! Moi, épouser un libraire, je mérite mieux que ça et je préfère me retirer dans un couvent que de consentir à un tel mariage !

Et elle trépignait de rage, piétinant la nouvelle toque de velours vénitien qu'elle venait juste d'acheter.

Le libraire, qui était fine mouche et s'y connaissait en psychologie féminine, avait prévu ce refus. Il se retrouva bientôt l'heureux époux de Blancheflore dont il était amoureux depuis longtemps.

***

Roseline ne décolérait pas. Après un tel affront, il lui fallait trouver rapidement un mari. Elle eut vent d'un grand bal donné par le duc en l'honneur d'un jeune seigneur franc-comtois qui avait été son page. Il venait d'hériter du château de Rosemont. « Roseline », « Rosemont », la jeune fille vit dans la ressemblance de ces noms comme un signe du destin. Elle fit tant et plus qu'elle se retrouva invitée. Pour respecter la vérité des faits, on doit dire que le duc n'avait pas été insensible à sa blonde beauté. On convoqua la plus habile couturière de Schleschstadt qui lui fit une robe magnifique, étincelante comme le soleil. Si l'on veut toujours respecter la vérité, il faut préciser que la presque totalité des économies du cordonnier changea de bourse. Parée comme une châsse, Roseline fit au bal une entrée remarquée. De son côté, le héros de la fête était charmant et brillait comme un sou neuf dans son costume doré. Dès le premier regard, ce fut le coup de foudre. Et malgré les réticences du duc qui ne fut pas écouté, le seigneur de Rosemont, habitué à faire ce qui lui plaisait, se retrouva marié à la belle et fière Roseline.

Après quelques semaines de parfait bonheur, les amoureux, redescendus sur terre, en vinrent aux confidences. Quelle déconvenue ! Le jeune marié apprit que sa femme était la fille d'un cordonnier qui n'avait plus le moindre fifrelin dans sa cassette. Il s'en voulait de sa naïveté. Avoir été ainsi abusé par des apparences trompeuses ! Lui qui rêvait d'un riche mariage ! Mais comme il était d'un bon naturel, il se consola bien vite en se félicitant d'avoir une très jolie femme qu'il aimait à la folie. Quant à Roseline, elle dut se rendre à l'évidence : son mari n'était qu'un petit hobereau, propriétaire d'un château à moitié en ruine. Elle n'était pas près de reconnaître et d'accepter qu'elle avait été la dupe de son goût du lucre et du paraître.

Roseline n'était pas quelqu'un qui se laissait aller à gémir sans rien faire. Avant de quitter le duc, leur hôte, elle voulait aller rendre visite à sa marraine qui vivait dans une chaumière, à l'écart de la ville. On disait d'elle qu'elle était fée ou sorcière, on ne savait pas au juste. La marraine trouverait bien une solution. Elle reçut sa filleule sur le pas de la porte.
- Tiens, te voilà ! Tu dois avoir un problème pour venir me voir, sinon tu ne penses guère à moi.

Lorsque la jeune mariée eut exposé sa situation, elle lui fit cette réponse :
- Je t'ai toujours dit que tout ce qui brille n'est pas d'or mais tu n'as jamais voulu tenir compte de mes conseils. Si tu voulais comprendre… mais tu me parais bien obstinée ! Tout ce fatras que tu ne cesses d'acquérir ne te rendra jamais heureuse. Le bonheur, c'est autre chose !

Et tremblante d'indignation contenue, elle lui claqua la porte au nez.

Roseline a-t-elle été convaincue par les paroles de sa marraine ? A-t-elle su envisager une autre façon de vivre ? Nul ne l'a jamais su. Moi non plus, d'ailleurs. Et vous, quel est votre avis ?

À la poursuite de l'escarboucle

(La Vouivre est une créature légendaire, monstre composite, à la fois dragon et serpent ailé, qui sévit dans le Jura. Elle a inspiré un roman à Marcel Aymé, l'auteur des Contes du chat perché, *dont les personnages principaux, Delphine et Marinette, sont d'adorables jumelles.)*

Il était fin prêt ! Il s'était entraîné avec la rigueur et la discipline d'un athlète se préparant aux Jeux olympiques. Il avait parcouru la Provence en long et en large, à la recherche des traces de la Coulobre, monstrueux reptile tapi au fond de la source de la Sorgue, et de la Tarasque, domptée par sainte Marthe. Il avait même erré une semaine entière dans le Val de l'Enfer pour découvrir les trésors cachés par la Chèvre d'or, cette fameuse Cabra d'oro, tout à la fois respectée et adulée des Provençaux. Il allait à présent s'attaquer à ce dont il rêvait depuis qu'il était enfant : la Vouivre et son escarboucle. Tous les échecs qu'il avait essuyés ne l'avaient pas découragé. Cette fois — il en était sûr — il allait réussir. Il s'emparerait de l'escarboucle, ce trophée fabuleux, qui ferait de lui un héros, connu de toute la Franche-Comté, de la France entière et pourquoi pas ? du monde...

Ce beau jeune homme que tous ses amis appelaient Jurassic John (certains étaient amusés par sa prédilection pour les créatures monstrueuses, d'autres, pour cette même raison, le prenaient pour un fieffé benêt), était une vraie gravure de mode dont toutes les jeunes personnes raffolaient. Sa fine moustache, ses cheveux impeccablement brillantinés, sa collection de gilets en soie et surtout sa Bugatti pétaradante faisaient de chacune de ses apparitions un succès incontestable. Seul son père se désolait. Cet universitaire austère, sérieux comme un pape, qui ne vivait que pour ses recherches épigraphiques, ne cessait de penser : « Décidément, sa mère l'a trop gâté, elle lui a fait tous ses caprices et voilà le résultat ! Jamais il ne deviendra un homme, un vrai ! » En effet, sa mère, une riche héritière du Devonshire, adorait son fils unique et ne savait rien lui refuser.

Salué par un « fiston » qui se voulait cordial, John exposa son nouveau projet à son père qui, pour déplaire à son ex-épouse, ne l'appelait jamais de ce prénom anglais qu'il jugeait inconvenant. Un haussement d'épaules désabusé et fataliste fut sa seule réponse. Ce qui n'empêcha pas notre héros de partir le cœur en bandoulière, pour une nouvelle aventure qui serait couronnée de la plus éclatante des réussites.

Pendant ce temps la Vouivre vivait sa vie. Depuis des siècles elle hantait cette rivière aux eaux vives et pures, particulièrement revigorantes. Parfois la nuit, elle s'envolait après avoir longuement secoué ses ailes comme font les oiseaux qui se baignent. D'un trait elle gagnait une haute falaise qui dominait un village endormi. Son escarboucle brillait dans l'obscurité comme les étoiles du ciel. Mais ce qu'elle préférait c'était le bain. Elle s'aplatissait au fond de la rivière, se lovait au creux des roseaux qui la bordaient et quand elle était sûre d'être seule, jaillissait dans une gerbe d'écume comme une antique divinité. Souvent, quand elle voyait de jeunes pêcheurs, elle s'amusait à les attirer en faisant resplendir son escarboucle. Certains, comme aimantés, s'approchaient mais la plupart s'enfuyaient, essayant vainement de ne pas presser le pas. Ces jeux l'amusaient, elle ne s'en lassait pas. En un mot comme en cent, la Vouivre était heureuse…

Comme elle s'approchait rarement du village de Pierre-Bénite, la Vouivre n'assista pas à l'arrivée de Jurassic John (appelons-le ainsi, il est très fier de son surnom !). Il fit pourtant une entrée très remarquée. Pensez, une Bugatti, on n'avait jamais vu une aussi belle voiture ! Le village serré autour de son église au clocher pointu, dans son amphithéâtre de falaises d'un bel ocre blond ne lui fit ni chaud ni froid. Ce qui l'intéressait c'était la Vouivre et son escarboucle. Il interrogea les anciens. Oui, leurs grands-pères ou leurs arrière-grands-pères avaient vu la Vouivre dans la rivière. D'autres, revenant d'une fête ou d'un mariage, l'avaient rencontrée sur la plus haute falaise, celle de la Pierre-qui-Vire, son escarboucle luisant dans la nuit noire... Jurassic John remonta la rivière jusqu'à sa source. S'il ne vit rien, lui était vu : la Vouivre le dévorait des yeux.

La contemplation, des étoiles plein les yeux, dura longtemps. Puis la Vouivre revint à ses jeux. Par un bel après-midi d'été, elle se faufila dans une roselière et alluma son escarboucle. Aussitôt Jurassic John s'approcha mais il ne pénétra pas dans ce lieu inquiétant, aqueux et mouvant. Il craignait de rencontrer des bestioles inconnues et venimeuses, qui sait ? Le manège fut renouvelé plusieurs jours de suite mais sans succès. La Vouivre s'impatientait, aussi changea-t-elle de tactique. Elle remonta la rivière. Une cascade se déversait dans un bassin profond aux belles eaux turquoise. L'escarboucle se mit à reluire comme Sirius dans le ciel nocturne. Attiré par un irrésistible charme, Jurassic John entra dans l'eau, tendit le bras pour se saisir du fameux bijou et disparut dans les eaux. Jurassic John avait oublié d'apprendre à nager. Quand, sur la berge, il reprit ses esprits, il serrait dans sa main un vulgaire galet. Trempé jusqu'aux os, il rentra, piteux, à l'auberge où il avait pris pension. Tout le village rit sous cape pendant une semaine. « Dame, par chez nous on n'a point si souvent l'occasion de rire ! »

Bien que la Vouivre fût convaincue que ce qui intéressait ce beau jeune homme était son escarboucle, elle n'avait pu s'empêcher de lui sauver la vie. Elle ne put pas non plus s'empêcher de l'attendre en soupirant, de guetter sa venue. Elle se prenait à rêver, à échafauder des projets. Le souvenir lui revint d'une histoire que sa « mère-grand » lui avait racontée il y avait très très longtemps (un bon siècle, peut-être). Un jeune prince, aussi beau qu'audacieux, avait dompté un cheval ailé. Elle ne se rappelait plus son nom mais elle se voyait, emportant sur son dos son visiteur si distingué, si élégant, tout en haut de la Pierre-qui-Vire. Tous deux pourraient passer la nuit à admirer les étoiles. Quels merveilleux moments en perspective !

Les jours passaient. La Vouivre attendait. Elle n'éprouvait plus le même plaisir à se baigner. Pourtant sous le soleil estival, l'eau était plus agréable, plus rafraîchissante que jamais. Mais désormais, elle avait d'autres rêves...

Des éclats de rire résonnent dans l'après-midi. Oui, c'étaient bien des éclats de rire ! Féminins de surcroît. Vite, la Vouivre se cache au fond de l'eau, dans l'ombre d'un saule pleureur. Il approche, il est accompagné de deux jeunes filles, blondes et fraîches dans leur robe à fleurs. Elles se ressemblent comme deux gouttes d'eau, ce sont des sœurs sans aucun doute. La Vouivre active son pouvoir secret : celui d'entendre les plus infimes bruits. La conversation est animée mais La Vouivre ne retient que deux prénoms : Delphine et Marinette. Déjà, elle sent poindre dans son cœur l'atroce jalousie.

La Vouivre ne savait pas que c'était la dernière fois qu'elle voyait celui qui occupait ses nuits à l'attendre. Plus rien ne la tentait, ni les bains que, naguère, elle appréciait tant, ni les conversations avec les aprons, ces rois de la rivière, les truites véloces et les loches franches. La mélancolie, cette humeur noire, l'avait saisie.

Qu'était donc devenu Jurassic John ? Vous aimeriez bien le savoir ! Amoureux de Delphine et Marinette, il n'avait su laquelle choisir. Épouserait-il Delphine, l'aînée, ou Marinette, la plus blonde ? Son cœur de héros balançait. Les deux sœurs perdirent patience. Comme depuis leur enfance elles étaient toujours d'accord, elles considérèrent que, jolies et très bien élevées par des parents plutôt sévères, elles avaient tout pour être des épouses exemplaires, étaient dignes d'un époux fortuné, qui avait tout ce qu'il désirait — y compris une Bugatti. Elles se sentirent méprisées. D'un commun accord, elles le laissèrent tomber sans aucun regret. Jurassic John crut éprouver le plus grand chagrin d'amour de tous les temps, il décida de s'éloigner plutôt que de se laisser submerger par la tristesse et le vague à l'âme. Il partit en Écosse pour photographier le monstre du loch Ness, persuadé qu'une photo de Nessie émergeant des sombres eaux du lac, lui apporterait gloire et célébrité. Il avait déjà oublié qu'il souffrait d'un cruel chagrin d'amour !

L'hiver, sa neige et ses frimas finirent par s'installer. La glace prit le pouvoir et sous la rivière immobile, la Vouivre se morfondait, souhaitant le retour d'un printemps qui lui ramènerait l'espoir. Effectivement les beaux jours revinrent. Les pêcheurs aussi. La Vouivre, le cœur battant, les épiait, les dévisageait. Hélas ! Ce n'étaient que vieux bedonnants, atrabilaires et ronchons. Elle ignorait que les jeunes gens avaient cessé de s'intéresser aux goujons et autres vairons et que sa légendaire escarboucle n'éveillait plus chez eux ni émoi, ni convoitise. Désormais, au village et dans les environs, ils ne rêvaient plus que de… Bugatti.

Quand le padischah n'est pas là...

Le printemps était arrivé et le padischah était parti. Il était parti à la guerre. La guerre qu'il aimait plus que tout, plus que ses femmes, ses fils, son palais et son empire. On chuchotait qu'il la préférait même à sa mère.

Il était parti, jouissant déjà à la perspective des combats au cours desquels il pourrait montrer au monde entier – médusé – combien sa bravoure n'avait pas d'égale sur terre. Ah ! il n'en ferait qu'une bouchée de ces va-nu-pieds, ces misérables, ces viles gens qui se terraient comme des animaux au cœur des montagnes. Décidément, ce n'étaient pas des hommes...

Quand on eut entendu le bruit des chevaux, le cliquetis des armes, vu les soldats d'élite défiler dans leurs brillants uniformes et franchir la haute porte des remparts qui ceignaient la ville, on se prit à respirer à pleins poumons. La vieille cité se sentit soudain toute jeune et légère, comme libre de vivre à son gré. On trouva que le printemps n'avait jamais été si délicieux : les oiseaux chantaient à tue-tête dans les jardins, les fleurs déployaient leurs corolles dans les patios. La mer s'était calmée, libérée des vents hivernaux, elle offrait complaisamment ses vagues au soleil étincelant. Les animaux de la ménagerie du palais semblaient, cette fois-ci, ne pas souffrir de l'absence du maître vénéré qui leur rendait une visite quotidienne et leur dispensait, quand il était sûr de ne pas être entendu, des petits noms affectueux. Tout le monde voulait profiter de ce printemps prodigieux et, se frottant les mains, les commerçants du souk n'en finissaient pas de compter et recompter les pièces d'or et d'argent qui, le soir, s'entassaient dans les cassettes.

Au palais, l'humeur était joyeuse et l'atmosphère plus légère. Plus rien ne pesait. On se serait cru dans un monde nouveau où l'on pouvait rire, parler à haute voix et pourquoi pas fredonner. Cette presque exubérance était d'autant plus palpable que trois nouvelles concubines venaient juste d'arriver. Choisies avec un soin avisé par le gardien-chef du harem, elles personnifiaient toutes trois la divine jeunesse et la parfaite beauté. Dès leur arrivée, les eunuques avaient manifesté à leur égard un sentiment qu'ils n'avaient jamais ressenti et qui s'apparentait à de l'indulgence. Il faut dire que ces Circassiennes étaient irrésistibles de gaieté et de fraîcheur primesautière. Deux étaient sœurs jumelles et leur chevelure d'un roux éclatant allait ravir le padischah, c'était sûr et certain. La plus jeune, blonde comme les blés, était plus réservée et sa modestie allait peut-être convaincre le souverain qu'il avait enfin ! rencontré la femme de ses rêves.

Bref, tous les occupants du palais paraissaient goûter la vie et en apprécier les bonheurs, tous, sauf, sauf... la mère du padischah qui, dans sa longue robe violette aux noirs ramages, faisait une mine de cent pieds de long et ne cachait pas sa désapprobation.

Les beaux jours s'étaient enfuis, le printemps, l'été avaient passé à la vitesse de l'éclair. Déjà l'automne, avec son mauvais temps et ses tempêtes, s'annonçait. La mer devenue grise attaquait de ressacs violents le rocher sur lequel le palais dressait ses tours et son double rempart. En ville, la mélancolie avait conquis les cœurs et les esprits. Pourtant personne, du mendiant au riche commerçant, du balayeur à l'armateur cousu d'or, ne doutait de la victoire éclatante de l'armée impériale : la réputation de stratège hors pair du padischah était si bien établie. Alors, pourquoi ne rentrait-il pas ? On commençait à trouver le temps long.

Au palais, les trois Circassiennes avaient perdu leur belle humeur. Elles commençaient à se sentir à l'étroit dans leur cage dorée et regrettaient les montagnes, les profondes forêts et les vastes prairies balayées par les vents du Caucase. Elles n'osaient penser à leur mère, à leurs amies de peur de fondre en larmes. La nostalgie les tenait bel et bien.

La plus audacieuse des trois décréta qu'il fallait agir sous peine de tomber dans le plus noir des chagrins et ne pas s'en remettre. Il fut vite décidé, sans demander la moindre permission, de faire venir des musiciens à l'intérieur du gynécée. Pourquoi se priver de ce plaisir innocent ? N'étaient-elles pas toutes trois de haute naissance ? N'avaient-elles pas reçu la meilleure des éducations et fréquenté les plus grands maîtres de la poésie et de la musique ? Leur souhait se trouva réalisé comme par un coup de baguette magique. Cachés derrière un épais rideau, les musiciens préparèrent leurs instruments et les sons enchanteurs de l'oud, du kanoun qui ressemble à la cithare et du luth s'élevèrent dans l'air ouaté du harem. Aucune des autres femmes ne se montra. Elles demeurèrent calfeutrées dans leur chambre, comme indifférentes au charme de la musique. Mais les deux sœurs et leur jeune cousine, tout à leur plaisir de vivre retrouvé, n'y prirent garde. Un jeune étourdi venu réparer une porte qu'il fallait absolument fermer avant la nuit, aimanté par la musique dont il était fou, s'approcha et fut vite invité. On chanta, et comme on était des musiciennes accomplies, on accompagna les artistes du palais. La plus jeune, surmontant sa timidité, saisit la main du serrurier et esquissa quelques pas de danse, bientôt imitée par les deux sœurs. Mais la ronde fut bien vite interrompue par l'arrivée brutale des eunuques qui congédièrent manu militari les musiciens et s'emparèrent sans ménagement du jeune homme qui n'avait pas bien compris ce qui lui arrivait. Juste avant l'irruption des funestes gardiens, il avait eu le temps d'entrapercevoir une longue et maigre silhouette vêtue d'une ample tunique violette et noire. Il lui avait semblé, à la lumière d'une chandelle, qu'elle détaillait la scène de ses yeux globuleux de spectre et ricanait toutes dents dehors.

****

C'est par une nuit sans lune que le padischah retrouva sa capitale. Personne ne put voir – officiellement – la cohorte clairsemée de soldats recrus et dépenaillés traverser la ville et gagner ses quartiers. Le souverain plus que maussade cachait son désarroi sous une attitude bravache qui ne trompait personne, surtout pas ses fiers janissaires. Il tentait de se rasséréner en imaginant toute une kyrielle de supplices plus cruels les uns que les autres qu'il infligerait sans tarder à son éminent astrologue. Après avoir minutieusement étudié les cartes du ciel, l'auguste savant avait approuvé son départ à la guerre. Et ce voyant soi-disant extralucide n'avait pas prévu non plus le scandale et le déshonneur qui attendaient son maître : il ne l'avait pas dissuadé de partir, bien au contraire, en courtisan accompli qu'il était, il l'avait encouragé, flattant à l'occasion sa vanité et son orgueil démesuré.

Dissimulée par les blocs de marbre noir de la porte monumentale du palais, une noire silhouette attendait immobile, telle une statue. C'était la toute-puissante maîtresse du harem, la mère du padischah. Lorsque ce dernier vit son visage d'une lividité cadavérique, il pressentit un malheur. La vieille gardienne du lieu interdit fit son rapport d'une traite, sans reprendre son souffle. On aurait dit qu'elle se hâtait de se décharger d'un événement trop grand pour elle, qui pesait sur ses vieilles épaules, et que le simple fait de le raconter souillait sa noble lignée pour les siècles des siècles. Quand elle se tut, après qu'elle eut pris soin de rapporter tous les détails, ce fut la tempête, pis, un maelstrom, un tsunami.

Hors du palais, on ne sut pas vraiment ce qui avait déclenché la terrible colère du terrible tyran. En revanche, les condamnations furent publiquement annoncées et commentées, déclenchant l'effroi des uns et le plaisir sadique des autres. Les musiciens, bien qu'ayant joué derrière un rideau, eurent les yeux crevés et le gardien-chef du harem veilla personnellement à ce que pas un n'échappât au châtiment. La fontaine du Bourreau, dans laquelle ce dernier nettoyait sa hache, vit son eau rougie pendant plusieurs jours, le temps qu'il fallut pour décapiter tous les eunuques, y compris le zélé gardien-chef dont le corps fut découpé et jeté en pâture aux animaux du zoo. Les lions et les tigres renâclèrent bien un peu car le bonhomme était vieux et décharné. Quant à l'apprenti serrurier, il eut droit, comme il ne faisait pas partie des artisans agréés par l'administration du palais, à une exécution publique. Son père eut beau se lamenter, supplier à genoux, allant même jusqu'à affirmer que son fils était un peu simplet (ce qui n'était peut-être pas faux), les juges demeurèrent inflexibles. Il fallait un exemple qui préviendrait tous les comportements malséants des jeunes gens qui devenaient de plus en plus indociles et désobéissants. Quand tout fut fini, le padischah allait dormir du sommeil du juste, c'était du moins ce qu'il pensait...

Le padischah se tournait et se retournait dans son lit. Le sommeil tant souhaité ne venait pas. Au contraire, il semblait fuir à mesure que la nuit déroulait ses sombres replis. Le maître des guerriers, les yeux grands ouverts, ne voyait que des ruines, des blessés et des morts. Il revoyait surtout trois femmes en pleurs, tassées dans leurs voiles. Il avait deviné plus qu'il n'avait vu leur extrême beauté et leur jeunesse. Elles se lamentaient, sanglotaient, imploraient sa pitié et déchiraient leur visage de leurs longs ongles manucurés. Le cœur du padischah en fut presque ébranlé, mais derrière lui se dressait une haute silhouette noire et violette. Il avait dû sévir... Il avait beau chasser toutes ces images de mort, elles revenaient sans cesse occuper son esprit. Ce cauchemar éveillé dura longtemps et pour obtenir l'assoupissement tant désiré, il aurait donné le fameux diamant rose, joyau des joyaux de son Trésor, que toutes les têtes couronnées d'Europe et d'Asie lui enviaient.

Puis, sans que rien ne l'annonçât, une rumeur venue on ne sait d'où remplaça le silence nocturne. Un vent dément prit possession de la ville et du palais, ployant les arbres sur son passage, faisant grincer toutes les portes, poternes, grilles qu'il rencontrait. Les girouettes geignaient, les toits malmenés regimbaient sous des coups de boutoirs incessants et qui allaient s'accélérant. Une clameur horrible se faisait entendre, maltraitant les oreilles de toutes les créatures vivantes. C'étaient les Djinns, funestes hérauts de la mort imminente. Le padischah les reconnut :
- C'est à moi qu'ils en veulent. Ils approchent et personne, paraît-il, ne peut les arrêter. Ils ont pris possession de la mer, je les entends, ils assaillent le port puis ce sera le tour du château. Mais il ne sera pas dit que je serai resté enfoui sous mes couvertures sans rien faire !

Il se leva, mit ses brodequins aux semelles cloutées, annonçant ainsi, au bruit de ses pas dans le labyrinthe du palais, qu'il ne voulait croiser âme qui vive. Quand il arriva au sommet de la plus haute tour, l'haleine des Djinns qui empuantissait la nuit lui donna de si violents haut-le-cœur qu'il dut s'appuyer à la muraille crénelée. La lune effrayée s'était cachée sous un gros nuage, ne laissant qu'un mince croissant de lumière pour éclairer la scène : la mer bouillait comme une marmite, faisant valser les esquifs des pêcheurs tandis que les lourdes galères tanguaient comme des fétus de paille.

Les Djinns s'en repartirent comme ils étaient venus. La mer peu à peu se calmait. Dans le silence revenu, le padischah n'eut pas le temps de pousser un soupir de soulagement. Un étrange bruit amplifié par le vent qui, lui aussi, s'en allait, emplit l'atmosphère de cette nuit extraordinaire. La lune sortit de sa cachette de nuages et montra sa face ronde, brillant d'une lumière neuve, lavée par la tempête. Le padischah put alors voir trois sacs que la mer avait ramenés au pied du palais. On aurait dit qu'ils avaient tous trois comme une forme humaine. Le padischah se frotte les yeux, sa vue se brouille. Il cesse de regarder la mer pour interroger le ciel et implorer sa mansuétude. C'est à ce moment précis qu'un oiseau de feu, déployant ses immenses ailes, choisit d'apparaître.

- Le rokh, c'est bien lui, pas de doute possible. C'est son vol puissant. Je sens sa force monstrueuse, capable de soulever un éléphant. Je vois son bec acéré, ses serres démesurées. Ce sont elles qui l'envoient, elles se vengent. Je suis perdu. Adieu ma mère, je ne vous reverrai plus.

****

Le cadavre du padischah fut vite retrouvé. Comme les Djinns étaient surnommés « les fils du trépas », sa mort n'étonna personne. Le visage de celui qu'on n'osait pas regarder en face était méconnaissable. Les yeux crevés, les joues labourées de profondes entailles, la gorge tranchée laissaient les enquêteurs de la police secrète impériale perplexes. On fit venir le bourreau, réputé comme le plus habile dans sa spécialité. Son verdict fut sans appel. Ce n'était pas l'ouvrage d'un professionnel, c'était un travail bâclé, pour ne pas dire torché. Mais il se retint de poursuivre ses déclarations pour ne pas offenser les éminents conseillers du défunt.

Il restait un objet énigmatique dont le message ne fut jamais décrypté : le padischah portait en sautoir un étrange collier fait de trois cordons de chanvre liés, pareils à ceux qui avaient fermé certains sacs pleins de sanglots et de cris, jetés, la nuit, en pleine mer.

© Janine RICH-JACQUEL, 2024
Édition : BoD · Books on Demand GmbH,
In de Tarpen 42, 22848 Norderstedt (Allemagne)
Impression : Libri Plureos GmbH, Friedensallee 273,
22763 Hamburg (Allemagne)
ISBN : 978-2-3225-3279-7
Dépôt légal : Septembre 2024